우리
산책할까요

Shall we take a walk
By Lim Jeong A

Published by Hangilsa Publishing Co., Ltd., Korea, 2019

우리
산책할까요

내 인생에 들어온 네 강아지

임정아 지음 | 낭소 그림

한길사

사랑하는 부모님께 이 책을 바칩니다.

내 인생에 들어온 네 마리 강아지
· 책을 내면서

"강아지 데려오는 조건은 두 가지였어요. 첫째, 강아지에게 언니나 누나라는 호칭은 절대 금지. 둘째, 강아지는 안방 출입 금지!"

딸의 간청에 못 이겨 '좋아하지 않는' 강아지를 할 수 없이 키우게 됐다는 옆자리 선생님이 어느 날 말했다.

"그런데 지금은 제가 딸들보다 더해요. 어느 순간부터 제가 강아지한테 '엄마가, 엄마가…' 이러고 있더라니까요? 안방이오? 당연히 강아지들의 천국이지요."

동료 선생님은 행복이 가득한 표정으로 말했다.

반려견 인구가 천만을 돌파했다는 우리나라의 현주소를

보여주는 짧은 일화다. 반려견과 관련한 온갖 프로그램이 공중파 방송을 비롯해 종편과 유튜브에 넘쳐나고 있으며, 애견 관련 사업은 불황인 요즘에도 그야말로 대박을 터뜨리고 있다.

내가 읽은 『말리와 나』 『네 발로 찾아온 선물』 『듀이: 세계를 감동시킨 도서관 고양이』 『알렉스와 나: 천재 앵무새』는 모두 개, 고양이, 앵무새에 관한 책이다. 소설이나 동화가 아니라 작가가 동물들과 직접 교감하며 희로애락을 함께한 진솔한 이야기가 담겨 있다. 나는 이 책들을 최소한 세 번 이상씩 읽었다. 천하의 말썽꾸러기 강아지 이야기 『말리와 나』는 나중에 제니퍼 애니스톤이 주연한 영화로도 보았지만 책의 감동을 따라가진 못했다.

우리나라에는 왜 이런 책이 드물까, 늘 생각했다. 감동적인 소설이나 동화, 만화는 종종 나오지만 『말리와 나』처럼 강아지와 평생을 함께하면서 겪은 온갖 사연을 엮어내고 꾸며낸 이야기가 아닌 진짜 이야기는 찾아보기 어려웠다. 서점에 나오는 강아지 관련 책들은 대부분 『강아지 이유식 만드는 법』 『내 강아지 똑똑하게 키우는 법』 『강아지 종류와 특징에 관한 가이드북』 등 어떻게 하면 강아지를 잘 키울 수 있는지에 대한 실용서 내지 안내서의 성격이 짙었다. 물론 강아지를 키우는 데 필요하기도 하고 나도 시시때때로 큰 도움을 받는 훌륭한 책들이긴 하다. 그러나 나는 도움이 아니라 공감을 느낄 수 있는 책이 있으면 좋겠다는 생각을 줄곧 해왔다.

이 책은 나와 평생을 함께한 네 마리 강아지 까미, 바람이, 샘이, 별이의 이야기다. 까미가 새끼 강아지였던 1990년부터 세상을 떠난 2002년까지 13년, 그리고 바람이와 샘이가 내 곁에서 평생을 살다가 무지개다리를 건너간 2015년까지 16년, 그 후로 외롭게 홀로 남은 별이까지 30여 년에 걸친 네 마리 강아지 이야기다.

작은 길고양이를 거두어 함께 살고 계시는 송광사의 한 스님이 얼마 전 어느 방송에서 이렇게 말씀하셨다.

"이 고양이 때문에 성가셔서 죽겠어. 나가서 안 들어오면 왜 안 들어오나 걱정하느라 성가시고, 비실거리면 어디 아픈가 걱정해야 하니까 또 성가시고. 그런데 그 성가심이 바로 사랑이야."

스님의 말씀은 사랑에 관한 그 어떤 말보다도 내 가슴을 파고들었다.

이 책은 강아지 네 마리가 내 인생에 들어오면서 생겨난

'성가심'에 관한 이야기다. 이것은 나만의 이야기가 아닐 것이다. 지금 이 순간에도 자신의 강아지들과 함께 웃고, 울고, 뒹굴며 지내는, 성가셔 죽겠지만 그 성가심을 기꺼이 껴안으면서 날이면 날마다 좌충우돌하며 강아지 일기를 써 나가고 있는 모든 이웃의 이야기다. 또한 평생을 혹은 아주 짧은 순간을 함께한 강아지가 무지개다리를 건너간 후 그 막막하고 아득한 슬픔을 어떻게 이겨내야 할지 도무지 모르겠는 나약하고 외로운 사람들의 이야기이기도 하다.

2019년 3월
30여 년을 까미, 바람이, 샘이, 별이와 함께한 임정아

우리 산책할까요

1

특급 조교 까미

2

너는 어느 별에서
태어났기에

3

모든 것은 나에게
사랑이었다

1

특급 조교 까미

동쪽 집에서 먹고, 서쪽 집에서 자고

우리 집엔 진돗개 한 마리와 까만 스패니얼 잡종개 한 마리
가 마당에서 함께 살고 있었다. 용맹하고, 영리하고, 귀엽고,
애교 많고, 재주 많은 세상천지에 많고 많은 견종 가운데 오
로지 진돗개만을 '개'로 인정하는 우리 아버지의 개 '누리'와
시집간 여동생이 자기네 개가 새끼를 낳았다면서 젖을 떼자
마자 분양해준 작은 스패니얼 강아지 '까미'가 마당의 주인
들이었다.

그때 나는 수안보중학교에 기간제 교사로 잠시 근무하고
있었다. 나에게 가족들의 안부를 전해주는 남동생의 편지 한
귀퉁이엔 으레 내가 가장 궁금해하는 강아지들의 근황이 상

세히 적혀 있었다. 누리가 새끼를 여러 마리 낳았다는 소식도 남동생의 편지로 알게 되었다.

우리 집에 동가식서가숙東家食西家宿하는 웃기는 놈이 있어. 누리의 새끼인데 젖은 제 어미한테서 먹고, 잠을 잘 때면 꼭 이웃 까미한테 가서 폭 안겨 자는 거야. 맨들맨들하고 짧은 누리의 털보다는 풍성하고 부드러운 까미의 털에 파묻히는 것이 더 포근해서 그런가본데, 까미는 제 새끼도 아닌 남의 새끼를 전혀 귀찮아하는 기색 없이 품어주는 모양이 너무 기특하고 신기해…

이 구절을 편지지가 닳도록 읽고 또 읽었다. 까미는 암놈이니 누리 새끼의 이모쯤 되려나? 까미는 천성이 유순하고 착해서인지 다른 강아지 새끼도 포근하게 안아주었다. 제 친자식을 버리는 비정한 인간들도 있는데 짐승이라고 얕보는 작은 강아지가 오히려 더 모성이 강한 것 같았다.

방학이 되어 서울 집으로 올라와 드디어 우리 까미와 누리를 매일 볼 수 있게 되었다. 그때는 누리가 새끼를 낳은 지 두어 달쯤 지난 후여서 새끼들이 어미젖도 떼었고, 그 많은 강아지를 한데 키우기 벅차서 강아지를 원하는 친지들 집에 한 놈 두 놈 보내고 있었다. 어느 날 친척 아주머니가 새끼 강아지를 분양받으려고 오셨다. 그때 나는 정원에서 따스한 겨울 햇볕을 즐기고 있었는데 까미의 행동이 어쩐지 수상쩍었다. 까미는 대문 밖으로 종종거리면서 뛰쳐나가 우리 집에서 분양받은 강아지를 안고 가는 아주머니 뒤를 쫓아가 발을 버둥거렸다. 그러더니 다급한 듯 다시 집 안으로 들어와 내 발치에 코를 비비며 낑낑대다 다시 뛰쳐나가 그 아주머니한테 앞발을 모으고 애원하는 듯 낑낑댔다. 그러곤 또다시 나한테 후다닥 달려와 조그만 발로 내 다리를 박박 긁어댔다.

까미의 행동을 보니 분명 '누리의 새끼를 저 낯선 여자가 납치하고 있으니 가서 구출하라'는 메시지였다. 정작 새끼 강아지의 생모인 누리는 눈만 끔벅거리면서 물끄러미 앉아 있는데 누리와는 피 한 방울 섞이지도 않고 새끼 강아지들과도 생판 남인 까미가 더 애가 타서 동동거렸다. 아마도 제 품안에서 두어 달 '서가숙'했던 어린것들이라 정이 깊었나보다.

동물도 모성애가 강하고 깊다는 사실이야 진작 알고 있었다. 그런데 새끼 강아지의 어미도 아닌 이모에게 이토록 절절한 모성애가 흘러넘치는 것은 처음 보았다.

"제 새끼도 아닌 남의 새끼를

전혀 귀찮아하지 않고 품어주는

까미가 기특해."

연애 백 단에 내숭은 오백 단

우리 까미는 동네 수캐들에게 인기가 대단했다. 마을 뒷산으로 산책을 갈 때마다 한 놈 두 놈 따라붙던 수놈들이 산에 다다를 즈음이면 여남은 마리로 늘어나 있었다. 스패니얼 잡종견인 까미는 스패니얼 특유의 매력인 늘어진 귀에 복실복실 윤기 나는 까맣고 긴 털, 잡종견의 장점인 온유한 성품과 명석한 두뇌, 게다가 천성적으로 착한 마음씨까지 모두 갖춘 멋진 개였다.

'음… 저놈들도 보는 눈은 있어서.'

개성 있으면서도 수려한 까미의 멋진 외모에 대단한 자부심을 지니고 있던 나는 그렇게 단정 짓고 혼자 좋아했다. 그런데 가만히 보니 수놈들이 늘 그러는 것이 아니라 까미의 발정기에만 그렇게 열렬히 쫓아다니는 것이었다. 지금은 일반화된 중성화 수술이 아주 낯설던 때라서 일 년에 두 번, 까미의 여성성이 발휘되는 시기가 오면 우리 집 현관은 동네 수캐들의 집합소로 변했다. 마치 『오디세우스』의 정숙한 아내 페넬로페에게 구혼자들이 달라붙어 있었듯 난생처음 보는 온갖 종류의 낯선 개들이 우리 집 현관 앞에 진을 치고 있는 것이었다.

아예 일주일 이상 제 집엔 가지도 않고 눌러앉아 있는 녀석들이 안돼 보여서 나는 우리 까미에게 밥을 줄 때 그놈들에게도 밥과 물을 챙겨주었다. 내가 까미를 데리고 산책에 나서는 저녁 시간이면, 하루 종일 현관에 꼼짝 않고 앉아 있던 놈들이 대부대를 이루며 까미 뒤를 졸졸 따라오는 모습은 동네의 희한한 볼거리였다. 하지만 까미는 눈길 한 번 안 주다 가끔 뒤를 돌아보면서 귀찮게 왜 따라오냐는 듯 '캉' 하고 앙칼지게 짖어주곤 도도하게 발걸음을 옮겼다. 수놈들은 한 번 움찔하는 척하다가 아무 일 없었다는 듯 다시 따라왔다. 산으로 또 집으로 쫓아다니기를 반복하는 날이 한동안 계속되었다.

그러다 어느 날 까미가 자연의 이치에 굴복하는 순간이 왔

다. 까미는 그렇게 냉대하던 수놈들에게 스리슬쩍 품을 내주
며 함께 뛰어다니기도 하고 꼬리도 흔드는가 싶더니 어느 때
부터인가 슬며시 배가 불러왔다.

두 달 지나 만삭이 되자 까미는 또 언제 다정했느냐 싶게
다시 쌀쌀맞은 암캐로 돌아와 있었다. 물론 그 시기가 되면
그 많던 구혼자 수캐들이 썰물 밀려나듯 일시에 싹 사라져 허
망할 정도로 현관 앞이 썰렁하기도 했다.

문제는 임신 후 두 달 만에 출산한 까미 새끼들의 아빠가
누구인지 모른다는 것이었다. 어미는 검은색인데 새끼들의
털 빛깔은 갈색, 흰색, 갈색 바탕에 검정 무늬 등 참으로 다양
했다. 나는 집 앞에 진치고 있던 수놈들을 한 놈 한 놈 떠올리
면서 '도대체 이 아이들의 아비는 누구지?' 하며 때아닌 고민
에 빠졌다. 하지만 엄마가 되어 의기양양해진 까미는 '쓸데
없는 걱정은 하지 마세요. 나 혼자서도 충분히 훌륭하게 키워
낼 수 있다고요'라는 표정으로 나를 한 번 쓰윽 쳐다보더니
새끼들이 젖 먹기 편한 자세로 비스듬히 누워 한없이 만족하
고 편안한 표정을 짓는다. 싱글맘 까미의 헌신적인 육아는 그
렇게 계속되고 있었다.

까미의 단식 투쟁

지금 같으면 분명 까미에게 중성화 수술을 시켰을 것이다. 묶거나 가두지 않은 채 키우면서 대체 어쩌자고 그런 대책 하나 없이 내버려두었는지 돌아보면 아찔할 정도다. 까미는 집 안뿐 아니라 온 동네를 자유롭게 나다녔다. 개가 방 안에 들어오는 걸 꺼리는 가족이 있어 까미는 주로 현관에서 잤다. 하지만 그 시간을 제외하곤 사방팔방 제 마음 내키는 대로 쏘다녔다. 심지어 까미와 함께 동네 뒷산으로 산책을 갔다가 그 놈을 잃어버렸는데 일주일 뒤에 제 발로 찾아온 적도 있다. 지금이야 이리 담담하게 말하지만 일주일 동안 피 말린 생각을 하면 아찔하다.

그러다 보니 까미의 임신도 잦았다. 그때는 '반려견'에 대한 상식이나 지식이 부족했던 시절이라 암캐가 자주 새끼를 배거나 낳으면 자칫 건강을 해칠 수도 있다는 기본적인 상식조차 알지 못했다. 그저 자연의 순리라고 생각해 그에 충실히 따랐을 뿐이었다.

그런데 까미가 사산을 한 슬픈 일이 일어났다. 그때 나는 시골에서 근무하고 있었고 어머니도 병원에 입원해 있어 까미는 가까이 사는 남동생 집에 당분간 머물게 되었다. 임신한 까미를 위해 남동생 부부가 신경써 맛난 걸 해주어도 그 아이는 잘 먹지 않는다고 했다. 그저 큰길가에 멍하니 앉아 있거나 화단에 웅크려 있기만 한다는 것이었다.

아마 가족들 중 자기를 제일 예뻐하는 큰언니인 내가 없는데다 영문도 모르고 거처를 옮기게 되어 그랬던 것 같다. 동생 부부가 정성껏 돌봐주었지만 까미는 모두 죽은 새끼를 낳고 말았고, 마음씨 고운 올케가 사산된 새끼들의 작은 주검을 천으로 싸서 작은 마당의 나무 아래 묻어주었다고 했다.

그런데 그날부터 까미가 식음을 전폐했다는 전화를 받고 나는 부랴부랴 서울로 올라갔다. 나를 본 까미는 반색했지만 아무것도 먹지 않는 건 여전했다. 앙상하게 마른 작은 몸뚱이는 한 손으로도 들 수 있을 만큼 가벼웠고, 초롱초롱한 까만 눈망울도 총기를 잃어 윤기가 없었다. 하루 종일 지켜보아도 물만 몇 모금 마실 뿐 작정하고, 결코, 아무것도 먹지 않았다. 어떤 단식 투쟁이 이렇듯 처절할까! 그렇게 착하고 말 잘 듣던 아이가 음식을 입에 떠먹여주려는 내 손길마저 한사코 거부하며 조용하고도 처절하게 슬픔 속에 잠겨 있었다.

게다가 이상한 행동을 하기 시작했다. 자식 잃은 슬픈 어미의 마음을 풀어주려고 나는 매일 까미가 좋아하는 마을 뒷산으로 산책을 나갔다. 그런데 까미는 길을 가다가 나무가 보이면 미친 듯이 다가가 나무 주위의 흙을 파헤치곤 했다.

처음에는 까미의 행동이 이상했지만 곧 그 비밀을 알게 되었다. 이 불행한 어미는 올케가 죽은 제 새끼를 나무 아래 묻는 모습을 보았던 것이다. 동생 집에서도 그 나무 곁을 떠날 줄 모르고 땅을 파거나 그 아래 장승처럼 앉아 있곤 했다는 까미. 마치 '죽은 내 새끼를 돌려주세요!'라고 울부짖듯이, 나무만 보면 작은 발로 나무 주위를 필사적으로 파헤치는 까미의 모습을 지켜보는 것은 가슴 아픈 일이었다.

며칠을 어르고 달래다가 도저히 내 힘으로는 어찌할 수 없을 것 같아 까미를 동물병원에 데리고 갔다. 까미 생애 최초의 병원 출입이었다. 새끼를 잃고 그날부터 아무것도 먹지 않는다는 말을 들은 의사 선생님은 "오히려 개가 사람보다 기특할 때가 있다니까요"라고 말하면서 거기 있는 손님들에게도 우리 까미를 칭찬해주었다. 그리고 내려준 처방.

"삼계탕용 병아리를 폭 고아 먹이면 회복될 겁니다. 품성이 온화하고 건강하니까 금방 좋아질 거예요."

주사 한 방, 약 한 봉지 없이 그 처방만 내려준 의사 선생님께 고마움을 표하고 병원을 나왔다. 그길로 시장에 가 삼계탕용 중닭 한 마리를 사서 정성껏 끓여 바짝 야윈 까미에게 살을 발라먹였다. 처음엔 고개를 돌리며 외면하던 까미가 드디어 한 입 받아먹었을 때의 기쁨이란! 삼계탕 국물에 밥을 말아 숟가락으로 조금씩 떠먹여주니 그것도 잘 받아먹는다.

그 후 신기하게도 입맛을 되찾은 까미는 서서히 예전 모습으로 돌아왔다. 지금도 여름에 삼계탕을 먹을 때면 '우리 까미도 삼계탕 좋아했는데…' 하고 회상에 젖는다.

열렬한 구애를 받은 서울 미인

남의 새끼도 끔찍이 아끼는 까미인데, 제 새끼는 오죽할까!

삼계탕 처방을 내린 의사 선생님 말대로, 개 중에서도 모성이 강한 개가 있다던데 바로 우리 까미가 그랬다. 그 무렵 까미는 단양 시골집에서 나와 단둘이 지내고 있었다. 서울에서 살 때도 동네 수캐들의 열렬한 구애를 한 몸에 받던 서울 미인이 충청도 시골에 내려오니 그 미모가 더욱 빛날 만도 할 텐데 찾아오는 개는 달랑 한 마리뿐이었다. 시골에서 개라는 존재는 그저 집이나 잘 지켜주면 그뿐, 애완이나 반려의 의미는 거의 없었던 시절이라 집집마다 개를 묶어놓고 키우고 있었다. 그러니 제아무리 미모가 출중한 서울 아가씨가 살랑거리면서 동네를 휘젓고 다녀도 수캐들은 마당에 묶인 채 꼬리만 열렬히 흔들어댈 뿐 어찌할 수가 없었다.

그런데 언젠가부터 어디서 못생긴 개 한 마리가 턱 하니 나타나 우리 집 객식구처럼 마당에 눌러붙어 있었다. 까미도 처음엔 좀 내숭을 떠는가 싶더니 발정기에 들어서자 아예 대놓고 연애질에 몰두하기 시작했다. 이놈들이 주야장창 붙어 다니면서 너른 마당 좁다 하고 나 잡아봐라를 연호하며 뛰어다니질 않나, 밤이 되어 까미가 나와 함께 자려고 방 안으로 들어오면 수놈은 마당 한구석 닭장 앞에 쭈그리고 자는 순정남을 자처하질 않나, 정말 눈뜨곤 못 봐줄 애정행각에 기가 막혔다.

나는 못생기고 뻔뻔한, 어디서 굴러왔는지 족보도 모르는 흉악한 놈에게 우리 금지옥엽 까미를 주고 싶지 않아 시시각각 방해 공작을 펼쳤다. 그놈만 눈에 띄면 마당에 세워둔 싸리비를 들고 쫓아가 사정없이 두드려 패 내쫓는 건 기본이고 멀리서 알짱대면 작은 돌멩이까지 던지며 철저하고 무자비하게 그놈의 접근을 막았다. 내가 하도 구박을 해대니 그놈은 나만 보면 꼬리를 척 내려서 아예 둥그렇게 휘감고는 뒤뜰이

나 대문 밖으로 도망치는 시늉까지 했다.

하지만 사랑에 눈먼 암수 한 쌍을 어떻게 인위적인 힘으로 막을 수 있겠는가! 24시간 감시한다고 했는데 도대체 언제 거사를 치렀는지, 어느 순간 까미의 배가 조금씩 불러오는 것을 발견하고 한숨짓지 않을 수 없었다. 그때가 되자 이미 그 수놈은 사라져버리고 없었다.

어느 날 서울에 사는 외삼촌이 단양에 땅을 보러 오셔서 안내를 하게 되었다. 어의곡 1리의 깊은 산중에 야산이 나왔는데 농장용으로 적합한지 보러 오셨다는 것이다. 우리 집에서 그 야산까지는 걸어갈 수 없는 먼 거리였다. 우리 집은 어의곡 2리이고 그 땅은 어의곡 1리라 바로 이웃인 줄 알았는데, 시골에서는 주소만 믿었다간 낭패를 당할 수도 있다는 사실을 깨달았다.

나는 외삼촌과 함께 주소 하나 달랑 들고 물어물어 산골길을 찾아 헤매다가 깊은 산중 외딴집 마당에 낯익은 누런 개한 마리가 어슬렁거리고 있는 걸 보았다. 바로 우리 까미를 임신시키고 달아난 그 뻔뻔한 수놈이었다. 더 가까이에서 확인하고 싶어 차에서 내려 다가가자 그래도 안면 있어 반갑다고 달려와 꼬리치는 그 못생긴 개를 보면서 놀라움을 금치 못했다.

개의 발정기에는 암내가 바람을 타고 십 리 밖도 간다더니 그 말이 사실로 판명된 것이다. 십 리가 훨씬 넘는 먼 거리를, 매일 임 보러 그 짜리몽땅한 다리로 논두렁, 밭두렁, 산길을 달려왔다고 생각하니 좀 찡해지기도 했다. 그렇게 고생하며 우리 집에 와도 환영은커녕 몽둥이질에 돌멩이 세례에 온갖 구박만 받았던 놈인데 뭐가 반갑다고 내게 꼬리치며 달려오나 싶어 미안한 마음이 더 큰 것도 사실이었다. 그래서 그놈과 몇 달 만에 화해하기로 하고 그놈을 쓰다듬어주며 혼자 중얼거렸다.

"이놈아, 네놈이 우리 요조숙녀 까미 임신시켰으면 책임을 져야지, 이 먼 외딴집에서 이렇게 빈둥거리고 있으면 어떡해?"

눈물겨운 출산 투쟁

까미의 배는 점점 불러와 출산이 내일모레로 다가왔다. 집을 수리하기 전이라서 전통적인 시골 흙집에 살던 때였다. 여름에는 시원하지만 겨울에는 외풍이 심해 추운 집이었다. 새벽에 나와 연탄을 갈아야 하는 연탄보일러와 서울에서 가져온 석유난로에 의지하면서 추위를 버텨내던 그 계절에 하필 까미가 새끼를 낳게 된 것이다.

그 늦가을에 사흘 동안 집을 비워야 할 일이 생겼다. 광주에서 열리는 '제1회 비엔날레'에 꼭 가고 싶었고, 남도로 가는 김에 이왕이면 내장산 단풍도 보고 싶었다. 그래서 11월 첫 주 내 생일에 맞춰 남도 여행을 오래전부터 계획하고 준비

했는데 하필 까미의 출산일이 그즈음에 닥쳐온 것이다. 지금 같으면 읍내 동물병원에 입원이라도 시켰겠지만 당시 단양 읍에 달랑 하나 있던 동물병원의 주 고객은 소나 닭, 돼지 같은 가축들이어서 그럴 형편이 못 되었다. 하는 수 없이 부엌 바닥에 담요를 깔아 까미의 임시 거처를 마련해준 다음 안방, 건넌방, 마루 등 열 개도 넘는 문을 잠그고 부엌 출입문만 열어두어 까미가 밖을 드나들 수 있도록 해주고서 남도 여행을 떠났다.

멋진 비엔날레 전시와 불타는 단풍, 맛난 남도 음식을 즐기며 오랜만에 즐거운 여행을 하면서도 우리 집 임산부 걱정에 마음 한구석에서는 조바심이 떠나지 않았다.

드디어 집에 돌아와 부엌문을 연 순간 뛰쳐나와야 할 까미가 보이지 않았다. 저녁때가 넘은 시간이니 응당 부엌에서 자고 있어야 할 아이가 대체 어딜 갔을까! 뒤뜰, 툇마루, 닭장, 마당의 샘가 등 까미가 평소 잘 놀던 곳을 샅샅이 뒤졌지만 보이지 않았다.

덜컥 겁이 났다. 추운 날씨에 까미가 밖에 나갔다 변을 당한 건 아닌지, 홑몸도 아닌데…

그런데 집 안에서 낑낑거리는 소리가 들리는 듯했다. 집 안의 모든 문을 잠그고, 까미의 거처로 마련해준 부엌문만 열어놓고 갔기에 아직 집 안은 확인하기 전이었다. 이상해서 부랴부랴 집 안에 들어가 보니 안방에서 까미의 소리가 들려왔다. 우리 까미라면 내 목소리를 듣자마자 뛰쳐나왔을 텐데 왜 방 안에서 짖기만 하는 걸까.

궁금증은 안방 문을 여는 순간 풀렸다. 아랫목에 웅크리고 앉아 있는 까미의 품속에서 꼬물거리는 작은 실루엣이 보였다.

"까미야, 세상에! 너, 새끼 낳았구나."

내 손을 핥으면서 무정한 주인을 열정적으로 맞이하는 까미. 다른 때 같으면 펄쩍펄쩍 뛰어오르면서 난리법석을 떨었을 녀석이 앉은 채로 그저 반가운 눈빛만 보냈다. 제 품속의 새끼들을 한시도 떼어놓을 수가 없었던 것이다.

감동이 가시자 놀라움이 밀려왔다. 부엌 출입문을 제외한 문이란 문은 죄다 잠그고 갔는데 이놈은 대체 어디로 들어와 터억 안방에서 몸을 풀고 새끼를 낳은 걸까!

휘휘 둘러보던 내 눈에 뒤뜰로 향하는 쪽문이 들어왔다. 단양 집은 옛날식으로 지어진 기와집이라 흙벽에 나무문이었다. 창호지를 곱게 발라 햇살이 들어오도록 한 쪽문의 문살이 몇 개 부러져 있었다. 부엌에서 나와 안방 쪽마루로 뛰어 올라온 까미가 만삭의 무거운 몸으로 낑낑거리면서 딱딱한 나무 문살을 부러뜨리고 있었을 모습이 떠오르면서 눈물이 차올랐다.

'세상에, 까미야, 문살을 물어뜯고 기어이 방에 들어와서 새끼를 낳았구나!'

이렇게 추운 날씨에 새끼를 낳으면 추위에 제 새끼가 잘못될까봐 몸무게 5킬로그램 남짓밖에 안 되는 작은 강아지가 기를 쓰고 집 안팎을 뱅뱅 도는 모습, 안방 툇마루 쪽문의 창호지를 찢고 문살을 물어뜯으면서 방 안으로 들어가려고 낑낑대는 모습이 차례로 떠올랐다.

그뿐만이 아니었다. 놀랍도록 기특한 이 어미는 차가운 맨바닥에 제 새끼를 떨굴 수 없었던지, 바닥에 내 옷가지를 깔아놓았다. 윗방 벽에 걸려 있던 옷가지와 수건들을 점프해서 끌어내려 마루를 거쳐 안방까지 물고 가 아랫목에 깔고 거기서 몸을 푼 작은 어미.

수건에 핏자국이 말라붙어 있는 상태로 보아 까미가 새끼를 낳은 날은 내가 광주로 떠난 날이거나 바로 그다음 날인 듯했다. 추운 겨울 하루 또는 이틀 밤을 보내면서 제 새끼를 알뜰살뜰 보살핀 덕에 세 마리 모두 건강하게 꼬물대고 있었다. 나는 멍하니 그 자리에 서서 가슴을 치며 후회했다.

'그놈의 비엔날레가 뭐라고, 그놈의 내장산 단풍이 뭐라고 이런 아이를 두고 집을 비우다니! 그러고도 네가 까미 주인이냐? 이 기특한 아이의 반의 반도 못 따라가겠다, 인간아.'

당장 집 안에 불을 피우고, 까미가 새끼 낳으면 해먹이려고 사둔 소고기를 듬뿍 넣어 미역국을 끓여주니 맛나게 먹고 난 까미가 나를 올려다보았다. 제 새끼 잘 낳았으니 장하지 않느냐, 칭찬해달라, 우리 아기늘 건강히 잘 키워 달라는 말들이 눈동자 속에 담겨 있는 듯했다.

말갛고 까만 눈동자에는 나를 향한 그 어떤 원망이나 질타 같은 것도 없었다. 반대로 내가 그 상황이었다면 두고두고 상대방을 원망하며, 괘씸한 소행을 천년만년 잊지 않았을 텐데 도대체 너, 개라는 동물은…

몇 년 후 단양집을 수리하면서 나는 안방 툇마루의 쪽문을 바꾸지 않고 그대로 두었다. 문에 창호지를 새로 바를 때에도 까미가 부러뜨린 문살은 건드리지 않고 그 상태 그대로 유지했다. 그리고 우리 집에 놀러오는 사람들에게 찢어진 창호지

"까미야, 세상에!

　　　　　너,

　　새끼 낳았구나."

와 부러진 문살의 유래를 호기롭게 들려주었다. 그러면 나만큼이나 감동받은 청중들은 "네가 그 기특한 강아지구나?"라며 내 곁에 조용히 앉아 있는 까미를 쓰다듬어주곤 했다.

우리 까미의 눈물겨운 모정이 서려 있는 부러진 문살은 까미가 세상을 뜬 지 십 년이 지난 지금도 단양집 뒤뜰을 물끄러미 내다보며 그 자리에 있다.

단양에 간 사연

"해바라기 싹 뽑아버리고 호박을 심어라" "저 시커멓고 이 상한 개는 왜 키우노?" 등등 마을 할머니들의 잔소리를 들어 가며 내가 아무 연고도 없는 단양 산골 마을에 빈집을 사고 정착한 데에는 특별한 사연이 있다. 서울에서 의대를 졸업하 고 영월의료원 공중보건의로 내려간 남동생 운택이가 어느 날 나에게 영월에 내려와 함께 지내자고 했다. 그때 나는 휴 직 상태였다.

의대생 시절 산악부 활동에 열심이었던 운택이는 강원도 산을 타기에 좋다는 이유로 영월로 자원해서 내려갔다. 운택 이는 한동안 친구, 동기들과 함께 한방에서 지내다가 조그만

방 두 개가 있는 집을 구했다.

"큰누나, 여기 내려와서 글 쓰며 나랑 지내."

아홉 살 터울인 우리 남매는 사이가 유독 좋았다. 운택이는 의대생인데도 그림을 잘 그렸고, 레슨 한 번 받아본 적 없지만 제 작은누나가 피아노 치는 걸 어깨너머로 보고는 베토벤의 '피아노 소나타'를 연주할 정도로 예술적 감각이 뛰어나서 글을 쓰는 나와 이모저모 통하는 것이 많았다.

운택이가 공중보건의로 내려간 첫해 여름, 동생 덕분에 우리 가족이 난생처음 영월 땅을 밟았다. 부모님과 여동생, 나, 까미와 함께 영월에 갔더니 운택이는 우리보다 까미가 더 반가운 듯 엄청나게 좋아라 했다. 운택이는 서울에서 대학을 다닐 때에도 우리 가족 가운데 까미 밥을 가장 신경 썼다. 등산을 하며 산에서 음식을 해먹기 시작한 이래 요리 소질까지 발견한 듯, 집에서도 가끔 가족을 위해 기막히게 맛있는 김치찌개를 끓여주던 운택이는 까미를 위해 정성껏 먹이를 준비해주면서 입버릇처럼 말했다.

"개도 맛있는 걸 먹을 권리가 있어."

미식가답게 반년 만에 영월 지방의 맛집들을 섭렵한 동생은 우리를 장릉의 보리밥집과 고수동굴 앞의 감자전집으로 데려가 소문이 사실이라는 걸 확인시켜 주기도 했다.

그때는 동생이 아직 친구들과 함께 지내던 때라서 우리 가족은 그날 밤 영월의 여관에서 묵기로 했다. 그 당시 영월에는 호텔은 물론이고 이렇다 할 숙박 시설이 없었는데 우리는 몇 개 안 되는 시내 여관에서조차 모조리 거부당했다.

까미 때문이었다. 순하고 착해서 짖지 않는다고 아무리 애원해도 소용없었다. 어쩌면 당연한 결과였을 것이다. 사실 서울에서 까미를 데려갈 때부터 각오한 일이었다. 정 안 되면 까미와 같이 차에서 자기로 결심하고 갔지만 막상 영월에 내려가니 차 안에서 밤새 쭈그리고 잘 엄두가 나지 않았다. 지금 같으면 동물병원이라도 있어 하룻밤 맡기겠지만. 영월 읍내의 마지막 여관인 장릉 앞 여관에서 통사정을 하니 마음씨 좋은 주인은 내가 가여웠는지 겨우 승낙하면서 단단히 주의를 주었다.

"대신 개가 짖으면 절대 안 돼요. 다른 손님들도 오시는 데니까요."

오래된 목조 건물 여관방은 2층에 있었다. 우리는 겨우 한숨 돌리고 잘 준비를 했다. 나도 까미와 함께 자려고 누웠다. 그런데 내 발치에서 잠들려고 누웠던 까미가 발딱 몸을 일으

키더니 컹 하고 짖기 시작했다. 손님이 2층으로 올라올 때마다 오래된 나무 계단은 삐걱거렸다. 까미는 그 소리가 날 때마다 내 명령을 어기고 짖었다.

충직한 작은 개는 그럴 수밖에 없었을 것이다. 우리 가족을 계단의 침입자들에게서 지켜내기 위해! 까미는 사람들의 발소리가 멀어지면 자려고 누웠다가 계단에서 발소리가 들리면 또다시 짖었다. 까미가 짖는 소리 때문에 다른 가족들도 잠을 이루지 못하고 뒤척였다. 결국 나는 까미를 안고 욕실로 가서 그놈이 짖으려고 귀를 쫑긋 세울 때마다 달래고 어르면서 밤을 새웠다. 지금도 영월 장릉에 가면 이제는 없어진 여관이 있던 자리를 보면서 그날 밤과 복슬거리는 작은 개의 감촉을 떠올린다.

동생 운택이와 함께 영월에서 지내면서 나는 영월의료원의 다른 의사 가족들과 금세 친해졌다. 대부분 외지 사람들로 구성된 그 작은 공동체는 아주 끈끈해 옹기종기 모여 살며 그야말로 가족 같은 분위기를 이루고 있었다. 휴일이면 여러 가족이 바리바리 점심밥을 싸서 김삿갓 계곡이나 법흥사 계곡 같은 곳으로 소풍을 갔고, 하루 걸러 집집마다 돌아가며 저녁

밥을 나누어 먹었다. 동생의 대학 직속 선배인 비뇨기과 과장의 아름다운 젊은 아내는 나를 '선생님'이랬다 '언니'랬다 부르며 어찌나 살갑게 대하던지! 그녀는 자기 집의 피아노가 있는 작은방을 내 방으로 정해두고 "언제든지 와서 쉬세요. 임운택 선생님이 영월을 떠나셔도 여긴 우리 누나 선생님 방입니다"라고 말했다.

유난히 나를 잘 따르는 간호사도 있었다. 그녀의 비번 날이면 우리는 그녀의 차를 타고 으레 동강으로 서강으로 쏘다니면서 영월 구석구석을 드라이브하거나 집에서 음악을 크게 틀어놓고 맛있는 걸 해먹고 놀았다. 동생과 가장 친했던 외과 과장의 집에 진돗개가 오던 날에는 아침부터 내가 더 들떠 아직 진돌이 안 왔느냐고 그 집을 들락거리면서 수선을 피우기도 했다.

산수가 빼어난 영월은 청령포나 선돌 같은 유명한 관광지는 아니더라도 어디나 아름다웠다. 그 아름다운 곳에서 착하고 좋은 사람들과 함께 지내는 시간은 정말 행복했다. 정작 영월 주민인 내 동생은 휴일이나 밤중에 응급환자가 왔다는 전화 한 통에 뛰쳐나가며 아주 바쁜 나날을 보내고 있는데 객식구인 내가 음풍영월 즐기며 신선처럼 살고 있었다.

나는 까미를 안고 육실로 가서
그놈이 짖으려고 귀를 쫑긋 세울 때마다
달래고 어르면서 밤을 새웠다.

그 시절 까미는 서울에 있었기 때문에 나는 외과 과장 댁 진돗개 진돌이와 놀았다. 개를 처음으로 키워보는 그 집 식구들은 나를 사부님처럼 모시며 온갖 질문을 해댔고 나의 말 한마디 한마디를 금과옥조처럼 새겨들었다. 나는 이 핑계 저 핑계 삼아 날마다 진돌이를 보러 갔다. 주인들이 바쁠 때면 내가 대신 그 댁의 견공과 산책을 하기도 했다.

공중보건의 임기 마지막 해에 동생은 정선군 화암면 보건소장으로 옮겨갔다. 말이 소장이지 직원은 달랑 두 명뿐. 차로 20여 분 걸리는 정선읍에서 출근하는 삼십대와 사십대 기혼 여직원들이었다. 동생은 그녀들을 '여사님'이라 불렀다. 나는 그녀들과 친해져 휴일마다 꼬불꼬불 운치 넘치는 산길을 달려 정선읍의 그 여사님들 집에 놀러 가거나 함께 정선 5일장을 기웃거리곤 했으나 가장 자주 갔던 곳은 집 옆의 화암 약수터였다.

보건소에서 걸어서 5분 거리에 있는 작은 다리 하나만 건너면 약수터가 나왔는데 그 약수터로 들어가는 길이 매우 아름다웠다. 북한의 나라꽃으로 알려진 함박꽃나무에 우아한 하얀 꽃송이가 커다랗게 피어나던 봄이었다. 약수터 한쪽으로 내려오는 시냇물이 졸졸 흐르는 편편한 흙길은 맨발로 걷고 싶을 만큼 향긋하고 편안했다.

새벽마다 나는 동생과 그 길을 20여 분 걸어 올라가 약수를 길어왔다. 갓 길어온 신선한 약수로 아침밥을 지어 먹고 동생은 다섯 발짝 걸어가 바로 옆의 보건소로 출근한다. 나는 동생이 다음 날 입을 하얀 가운을 다림질해 예쁘게 걸어놓은 후 혼자 동네를 산책하거나 약수터에 또 갔다. 정선 화암 약수터는 '화암 8경'에 들 만큼 꽤 유명한 관광지여서 주말에는 찾는 사람이 많았으나 주말이 아닌 때에는 거의 나 혼자였다.

꽃구경하며, 새 지저귀는 소리를 들으면서 호젓한 숲길을 한들한들 건들건들 거닐다가 약수로 목을 축이고 내려와 약수로 커피를 끓여 보건소로 내가면 두 여사님은 반색하며 맞았지만 동생은 이마를 찌푸리며 투덜댔다.

"또 약수로 끓였어? 큰누나, 내 소원이 하나 있는데 제발 그 이상한 물로 밥 짓고 커피 끓이는 거, 그것 좀 안 하면 안 돼? 밥 색깔도 이상하고 커피 맛도 이상하잖아."

"어머, 소장님은 뭘 모르시네. 누님께서 몸에 좋으라고 일부러 약수 길어다 밥해주시고 커피 끓여주면 고맙다고 해야죠, 안 그래요? 호호호."

이렇게 말하는 여사님들과 나까지 여자 셋이 깔깔댔다. 그러면 우리 외톨이 소장님은 오만상을 찌푸리는 척했으나 날마다 내가 배달하는 약수 커피를 기다리는 기색은 감추지 않았다.

정선은 산나물이 유명한 곳이라 봄이면 인근 산에서 산나물 캐기 대회가 열렸다. 산에서 뱀에 물린다거나 넘어지거나 미끄러져 다치는 사람이 나올 수도 있기 때문에 그날은 보건소에서 산나물 캐기 대회장으로 총출동한다. 내가 그 절호의 기회를 놓칠쏘냐. 내 인생에 또 언제 정선 땅의 산나물 캐기 대회에 참가할 날이 있을까. 설레는 발걸음으로 동생을 따라 산으로 가 종일 산나물을 캤다. '캤다'라기보다 '어느 것이 산나물인지를 배웠다'는 말이 맞을 것이다.

보건소에 단골로 오시는 할머니들이 내 손을 잡고 다니면서 어떤 게 진짜 맛있는 나물인지 가르쳐주셨고, 어떤 나물은 어떻게 먹어야 맛있는지도 알려주셨다. 그뿐 아니라 저녁나절 돌아올 무렵엔 "이거 우리 소장님 반찬해주시오"라며 할머니들이 하루 종일 캔 산나물을 나에게 한 보따리 안겨주기까지 하셨다. 내가 해먹을 줄 모를까봐 요리법을 복습 또 복습시켜 가면서. 다친 사람 하나 없어 더욱더 즐겁고 보람찬 산나물 캐기 대회였다.

여름이 시작될 무렵 우리 가족은 영월에 이어 강원도 정선으로 여름휴가를 갔다. 물론 까미도 함께였는데 이번엔 엄연히 보건소장님의 아담한 사택이 있었으니 영월에서처럼 여관방에서 밤새 전전긍긍할 일은 없었다. 내 동생은 서울 식구들이 내려오면 가려고 아껴둔 아우라지강으로 우리를 데려갔다. 초록색 강물이 반짝이며 흐르는 아우라지 강가에 도라지꽃이 만발한 여름날이었다.

나와 여동생이 강물의 야트막한 데 발을 담그고 강기슭에 서 있는 까미를 부르면 물을 싫어하는 이 끼만 충견은 싫다는 내색 한 번 없이, 엉금엉금 살금살금 자기가 싫어하는 물속으로 조심스럽게 걸어 들어왔다.

"누나들이 못됐어. 까미 애태우는 게 그렇게 좋아?"

동생이 우리를 나무라며 까미를 번쩍 안아 물에서 데리고 나갔다. 아우라지강 건너편에 서 있는 비련의 처녀 동상이 이런 가족의 모습을, 그 가족의 사랑스러운 까만 개 한 마리를 가만히 내려다보고 있었다.

그렇게 집이 나에게로 왔다

    행복하던 정선에서의 나날들은 어느 무더운 여름날 갑자기 끝났다. 그냥 끝나버렸다. 경치 좋은 화암 약수터로 놀러 온 정선군 내 다른 보건소 동료들과 함께 차를 타고 정선읍으로 나가던 내 동생이 교통사고로 세상을 떠난 것이다. 내 동생 운택이만.

    나는 내 손으로 죽은 동생의 사망신고서를 썼고, 동생의 유품을 정리했으며 보건소에 쫓아와서 통곡하는 보건소 단골 산골 할머니들의 손을 맞잡아주었다. 내가 날마다 정성껏 다림질하던 하얀 가운을 차곡차곡 개는데 눈물이 쏟아지고 또 쏟아져 가운은 흥건히 젖었고, 결국 나는 짐을 정리하다 말고 가운 속에 얼굴을 파묻은 채 오래도록 울었다.

동생의 지갑 속에선 내 명함판 사진이 나왔다. 친구들에게 큰누나 이야기를 그리 많이 했다던 내 동생. 누나 사진을 지갑에 넣고 다녔다는 사실을 동생이 죽은 후에 알게 되었다.

정선 생활을 그렇듯 홀연히 마감하고 다시 서울로 올라온 나는 정상적으로 살 수가 없었다. 그렇게 살아지지 않았다. 부모님이 계셔서 슬픔을 더 내색할 수도 없었다. 길고도 깊은 슬픔이 우리 가족을 덮쳤다. 신앙심이 없었다면 우리 부모님은 단 한순간도 버티길 수 없었을 것이다.

우리 집에서는 의사가 나오는 드라마는 보지 않았다. 텔레비전에서 의사가 나오면 누구랄 것도 없이 채널을 돌렸다. 지하철 2호선도 탈 수가 없었다. 2호선은 한양대 앞을 지나갔고, 동생의 청춘이 몽땅 서려 있는 그 대학의 이름을 안내 방송으로 듣는 것만으로도 마음이 아팠다.

동생이 대학 다닐 때 나는 한양대학에 여러 번 갔었다. 대학교에 입학해서 학교를 구경시켜주겠다, 의대 산악부 동아리방을 보여주겠다, 친구들이 큰누나를 보고 싶어 한다, 심지어 봄에 학교 벚꽃이 예쁘다며 나를 불러냈던 동생.

의대 졸업식 날, 자랑스러운 내 동생을 축하해주려고 나는 새빨간 모직 투피스를 우아하게 입고 갔다. 그날 어머니가 초록색 두루마기를 입으셨던 것까지도 아직 기억에 또렷하게 남아 있는데 내 동생은 그 빛나는 졸업식을 치른 지 3년도 채 못 되어 멀고 먼 강원도 정선 땅에서 짧은 생을 마감한 것이다.

서울을 떠나기로 했다. 한양대가 있는 서울, 내 마음을 후벼 파는 병원 간판이 많고도 많은 서울, 동생과 함께 살았던 서울집을 떠나고 싶었다. 청주여고 3학년 때 내게 고전문학을 가르치셨던 은사님이 그 당시 충북 제천교육청 장학사로 계셨다. 그 은사님께 사정을 이야기하니 은사님은 "일이 있어야 슬픔을 잊을 수 있다"면서 수안보중학교 기간제 교사 자리를 알아봐주셨다.

1994년 7월에 내 동생을 잃고 그해 9월, 나는 그렇게 서울을 떠나 쇠락해가는 온천마을의 작은 중학교 기간제 교사로 내려왔다. 아니, 스며들었다는 표현이 맞을 것이다. 내가 모든 소식을 일시에 끊고 잠적해버리자 내 친구들은 "한겨레신문에 임정아 어디 있는지 찾는 광고 내야겠다. 한겨레는 볼 테니까"라는 말까지 주고받았다고 한다.

수안보에서 반년을 지내는 동안 영월의료원 외과 과장 가족과 지금은 노르웨이에 가 있는 나와 친했던 간호사가 영월에서 먼 길을 달려 수안보까지 나를 만나러 와주었다. 그들은 나를 보면서 그리운 내 동생을 추억하고 싶었을 것이다. 모두에게 사랑받았던 다정하고 좋은 의사 임운택 선생님을.

인연은 나를 다시 단양 땅으로 슬그머니 밀어 넣었다. 제천의 지인이 시골집을 물색하러 다니다가 단양 소백산 자락의 어의곡 한드미 마을에서 비어 있는 큰 기와집 한 채를 발견했다. 지인은 그 집이 마음에 쏙 들었으나 너무 외지다는 이유로 다른 가족들이 반대하는데 집이 너무 아까우니 나더러 그 집을 한번 보기나 하라고 했다.

코스모스가 흐드러지게 만발한 청명한 가을날, 수안보에서 남한강이 굽이굽이 이어진 강변길을 따라 신비한 월악산 영봉을 바라보며 차를 몰았다. 다시 흙먼지 풀풀 날리는 비포장도로 산골길을 달려와 첩첩산중에 들어앉아 있는 그 빈집을 보는 순간 나는 이 집을 사겠노라 결심하고 새집 지어 한 동네에 살고 있는 주인을 찾아가 그날로 계약했다. 마당이 넓고 뒤뜰에 커다란 배나무와 감나무가 늠름하게 서 있는 잘생

긴 기와집. 내가 좋아하는 툇마루가 두 개나 있고 돌담으로
둘러싸인 운치 있는 집. 하지만 오랫동안 비어 있어 마당은
누렇게 빛바랜 풀로 뒤덮여 있었고 집 여기저기 스며 있는 퇴
락한 기운이 황성 옛터를 방불케 하기도 했다. 수안보중학교
의 계약 기간 6개월이 지나는 다음 해 2월이면 수안보를 떠나
다시 서울로 가야 하는 나는 서울행 대신 아무 연고 없는 깊
은 산골, 낡고 오래된 그 기와집에 깃들어 살기로 했다.

　어쩌면 단양집은 동기同氣를 잃은 끊어질 듯한 슬픔을 내려
놓으라고 나에게 다가온 것 같다. 집 앞 푸른 산과 푸른 들과
푸른 계곡에, 돌담과 흙벽과 아궁이와 굴뚝에 슬픔을 하나씩
묻으며 다시 살아갈 힘을 키우라고. 그렇게 집이 나에게로 왔
다. 그 집에서 나는 서른이 채 되기도 전에 세상을 떠난 착한
내 동생이 맛있는 밥을 정성껏 지어먹였던 작은 개 까미와 살
게 되었다.

비밀이 아니었어?

단양에서 살기 시작한 첫해 여름, 서울의 가족이 우리 집으로 휴가를 왔다. 결혼한 여동생 가족도 온다고 해서 나는 귀여운 조카들을 볼 생각에 마냥 들떠 있었다. 신이 나서 여러 날 동안 집을 구석구석 청소했다. 심지어 마당의 댓돌까지 물걸레로 닦을 정도였다. 댓돌 아래에는 앙증맞은 채송화가 고만고만 예쁘게 피어 있었다. 여름날의 반짝이는 미소와도 같은 꽃.

'시골에서 살게 되면 꼭 댓돌 아래 채송화를 심어야지.'

언제부턴가 나는 오랫동안 그런 꿈을 지니고 살았다. 시골에 살게 될지 어쩔지도 모르면서 시골에 살면 무조건 댓돌 아래 옹기종기 채송화를 심어야지, 하고.

드디어 차 몇 대가 돌담 옆에 주차되면서 적막하기만 했던 우리 집에 시끌벅적한 활기와 소란, 웃음이 넘쳐나기 시작했다. 개구쟁이 두 조카의 아버지인 제부는 오자마자 계곡으로 내려가더니 콸콸 흐르는 계곡 건너편에 텐트를 치고, 계곡 바위틈에 된장 미끼를 넣은 어항을 설치하고 올라왔다. 어린 시절을 시골에서 보낸 이들은 확실히 '시골에서 노는 법'을 알고 있었다. 닭들은 낯선 두 꼬마가 쫓아다니자 영문도 모르고 오종종 도망 다니기 바빴으며, 까미는 오랜만에 만나는 서울 식구들과 회포를 풀기에 바빴다.

적적하던 집 안이 손님들로 바글대자 저도 신났는지, 수탉이 여느 때 아침보다 의기양양 요란하게 목청을 드높여 울었다.

운식이, 효식이 두 조카 녀석은 닭장을 들여다보고 내가 모이를 주겠다, 내가 달걀을 꺼내겠다며 수선을 피우는가 하면 뒤뜰에서 매미를 잡겠다고 감나무 사이를 팔짝팔짝 뛰어다녔다. 그리고 수영복에 수영모까지 갖춰 쓰고서 튜브를 하나씩 끼고 계곡으로 내려가더니 지치지도 않는지 온종일 거기서 살았다. 점심 녘에도 물이 뚝뚝 떨어지는 상태로 집으로

와 밥 한 그릇을 뚝딱 비우고 다시 물가로 달려갔다. 우리 집에서 계곡까지는 걸어서 1, 2분 거리로 엎드리면 코 닿을 곳이니 아이들에게 이보다 더 좋을 수가 없었다.

오랜만에 만난 우리 자매들은 뒤뜰을 내다보며 안방 툇마루에 앉아 커피를 마시면서 수다를 떨었다. 책벌레 남동생은 감나무 아래 평상에 드러누워 뒹굴거리며 책도 읽고, 낮잠도 자며 하루를 보냈다. 바람이 선선해진 해거름 녘에는 교회 앞 다리 밑 넓은 계곡으로 온 가족이 소풍을 갔다. 소풍이라 봤자 수박 친 덩이를 들고 가 시원한 계곡물에 담가두었다가 잘라먹는 일이었다.

마을에 하나뿐인 교회 한곡감리교회는 여름이면 한 달 내내 다른 교회에서 여름 수련회를 올 정도로 경치 좋은 곳에 한갓지게 자리 잡고 있었다. 나도 일요일이면 그 교회에 나가 스무 명 남짓 되는 마을 신도들과 함께 예배를 드렸는데 열려 있는 창문으로 매미 소리가 목사님 설교 사이로 간간이 들려오는 아주 평화롭고 예쁜 교회였다.

교회 뒤편은 바로 밤나무 숲으로 이어졌고, 숲 사이 산길을 한참 오르면 산마루에 커다란 물탱크 같은 게 있었는데 들리는 말로는 그게 마을의 수원지 역할을 하고 있다고 했다. 오솔길 양쪽으로는 고추나 참깨, 옥수수 밭들이 펼쳐져 있었다. 마을 사람들은 해가 뜨기 전인 이른 새벽에 밭일을 하기 때문에 내가 까미와 함께 산책하는 낮에는 거의 사람 구경을 할 수 없었다.

교회와 널찍한 마당, 아담한 목사님 사택만이 호젓하게 그림처럼 들어앉아 있던 곳. 마을에서 그 교회로 가려면 계곡을 가로지르는 다리를 건너야 했다. 바로 그 다리 밑이 우리 동네 계곡이었다. 이 계곡은 소백산 국망봉에서 흘러내려 소백산 국립공원 야영장이 있는 새밭 마을을 거쳐 한드미 마을 앞으로 흘렀다. 그중에서도 내가 '한드미 코스'라고 이름 붙인 그 계곡 한가운데가 물놀이하기 가장 좋은 명당이었다.

여느 계곡처럼 물 한가운데 큰 바위나 여울이 없고 바닥이 고르고 넓어서 여름이면 동네 아이들과 피서객들의 단골 물놀이 장소였다. 우리가 그곳을 찾았을 때 마침 다른 사람들이 한 명도 없었다. 우리는 전세라도 낸 듯 바위에 걸터앉아 계곡에 발을 담그고 수박을 잘라 먹었다. 아이들은 여전히 계곡에서 나올 생각도 않은 채 물속에서 수박을 먹으며 마냥 행복한 표정으로 텀벙거렸다.

누런 똥개 한 마리가 다급하게 우리 곁을 지나쳐 달려간 것은 즐거운 수박 파티가 한창일 때였다. 까미의 두세 배쯤 되는 전형적인 시골 똥개였는데 목줄이 풀린 채로 갑자기 마을 쪽에서 나타났다. 그 개는 우리가 앉아 있는 계곡으로 냅다 달려 내려오더니 첨벙첨벙 계곡물을 건너 수풀이 우거진 언덕으로 뛰어 올라갔다. 뜻밖의 광경에 깜짝 놀라 모두 그 개를 돌아다보았다. 다음 순간 어디선가 한 남자가 교회 앞 다리 위로 급하게 뛰어왔다.

"누렁아, 누렁아."

다리 위에서 남자의 목소리가 들려왔다. 남자는 다리 한가운데서 계곡을 내려다보며 개의 이름을 불렀다. 그의 손에 들려 있는 굵은 막대기를 보고 우리는 금방 사태를 파악했다. 남자가 자기 집에서 기르는 개를 잡아먹을 양으로 목줄을 푸는 순간 개가 탈출하여 계곡으로 도망쳐온 것이 분명했다. 계곡을 급히 건너느라 털이 젖어 온몸에서 물이 뚝뚝 떨어지는 채로 산비탈을 오르던 개는 주인 목소리가 들리자 엉거주춤 멈춰 서서 소리 나는 쪽을 바라보았다.

"누렁아, 이리 와야지. 어디 가? 이리 와, 응?"

남자는 사뭇 다정한 음성으로 달래듯이 개를 부르기 시작했다. 누렁이라 불리는 똥개는 그 소리에 잠시 망설이다가 산비탈을 다시 내려와 우리 앞을 지나쳐 다리 쪽으로 올라갔다. 개는 뛰어올 때와는 달리 고개를 푹 숙인 채 아주 천천히 아까 자기가 도망친 길을 되돌아갔는데 마지못해 가고 있다는 느낌이 그대로 전해졌다.

"그렇지, 착하다, 우리 누렁이…"

남자가 개를 향해 가까이 다가가자 개는 다시 몸을 홱 돌려 바람 같은 속도로 계곡을 건너가 남자에게서 멀어졌다.

그러나 남자가 다시 제 이름을 부르자 누렁이는 또다시 내려와 남자 쪽으로 다가가다가 마지막 순간에 몸을 홱 돌려 도망쳤다. 반복되는 이 실랑이를 지켜보던 우리는 어느새 누렁이의 탈출을 응원하고 있었다.

"누렁아, 저쪽 산으로 가버려! 이쪽으로 오지 마. 그냥 산으로 가."

맨 먼저 어머니가 소리쳤고 이어서 여동생과 나도 누렁이를 응원했다. 심지어 나는 마음속으로 이렇게 외쳐댔다.

'너 산에서 살면 내가 꼬박꼬박 밥 챙겨줄게. 내려오지 마. 내려오지 말란 말이야. 내려오면 죽어.'

계곡에서 튜브를 타며 물놀이를 하다가 그 소란을 지켜본 어린 효식이가 까만 눈을 깜박거리며 물었다.

"이모, 저 개는 왜 왔다 갔다 하고, 저 아저씨는 자꾸 개를 부르는데 개는 왜 도망갔다 또 오고 그래?"

"응. 저 아저씨랑 누렁이랑 게임하는 거야. 계곡 건너기 게임 같은 거 하나봐."

효식이의 작은 이모가 얼른 둘러대며 어린 두 조카가 다리 위에 서 있는 남자를 보지 못하도록 아이들 앞을 막아섰다. 숨 막히는 순간이 지나간 후 결국 개는 고개를 축 늘어뜨린 채 주인에게 터벅터벅 걸어갔다. 남자는 그렇게 제 발로 다가와 스스로 잡힌 개에게 목줄을 채우더니 거칠게 끌며 마을 쪽으로 사라졌다. 우리는 더 이상 수박도, 물놀이도 즐길 기분이 아니어서 집으로 철수했다.

"남자가 마음을 바꿔 다시 개를 키웠으면, 그렇게 해피엔딩이면 좋겠네."

이런 말들을 우리끼리 두런대면서.

다음 날 아침 계곡가로 내려가보니 편편한 바위에는 그을린 자국이 남아 있었다. 빈 소주병은 바위틈에 박혀 있고 노린내는 사방에서 진동했다. 하루가 지났는데도 노린내는 가실 줄 몰랐다. 노린내가 그렇게 지독한지 처음 알았다. 그 노린내야말로 결국 지난밤 개가 잡아먹혔다는 확실한 증거였다. 고양이와 달리 개는 충성심이 깊다는 점 때문에 사람들이 개를 좋아하고 키우는지 모르겠지만 그 순간에는 개의 충성심이 싫어졌다. 본능적인 위기감으로 도망치다가도 주인의 목소리에 다시 돌아가 끝내 죽음을 맞은 누렁이의 충성심에 화가 날 뿐이었다.

'충성심은 무슨, 얼어 죽을. 그 따위 못난 충성심은 없어도 좋아!'

어디에도 풀지 못할 울화, 분노 또는 슬픔이 밀려왔다. 나는 까미를 있는 힘껏 안아주었다. 그날은 아이들을 계곡 쪽에 내려가지 못하게 하려고 일부러 고수동굴과 도담삼봉 등에 다녀오며 하루를 보냈다.

그 후 세월이 흘러 효식이 엄마가 군대까지 다녀온 성인이 된 효식이와 '여섯 살 효식이의 단양 시절'에 대해 이야기를 나누게 되었다고 한다.

"그때 단양 계곡에서 무슨 일이 일어났었는지 너희는 전혀 모르지?"

"개 잡아먹었잖아요. 어떤 남자가 도망간 자기 집 개를 불러서 다시 돌아오니까 붙잡아서…"

"알고 있었어? 비밀이 아니었단 말이지? 우린 그 비밀을 지키려고 얼마나 애썼는데."

　여동생의 전화를 받은 후 나는 꼬꼬마 시절 운식이, 효식
이의 웃음이 빛나게 흩뿌려지던 그 시절의 회상에 잠겼다. 그
옛날 단양의 푸르른 여름날, 하나만 빼고는 모든 것이 눈부시
게 아름다웠다. 그 비밀 아닌 비밀만 빼고는.

혼자 남은 바둑이

다른 집도 그랬겠지만 어린 시절 우리 집에는 항상 개가 있었다. 내가 기억하는 우리 집 첫 강아지는 '바둑이'였다. 몸에 점이 있는 바둑이가 아니라 누런 잡종 강아지로 작은 시골교회 목사였던 아버지가 신도에게 선물받은 강아지였다.

그 시절 시골에서는 특별히 개에게 이름을 지어주지 않고 털 색깔에 따라 누렁이, 흰둥이, 검둥이로 불렀다. 젊은 부부는 마냥 들떠서 온갖 예쁜 이름들을 후보로 올려놓고 작명하는 즐거운 고민을 하고 있었다. 그때 학교에서 돌아온 어린 딸이 강아지를 보자마자 강아지 이름을 불렀다.

"아, 바둑이가 왔네? 바둑아!"

어린 딸인 나는 그때 초등학교 1학년이었다. 국어책에는 순이야, 철수야, 어머니, 아버지 등의 낱말과 함께 '바둑아, 바둑아, 이리 와 나하고 놀자'라는 문장이 있었고, 머리에 리본을 단 여자아이가 귀여운 강아지와 노는 그림이 그려져 있었던 듯하다. 우리 부모님은 서로 마주보며 웃으셨고, 그길로 우리 집 누런 강아지는 바둑이라는 이름을 갖게 되었다는 것이다.

1학년 때 우리 집에 온 바둑이가 새끼를 몇 번이나 낳았는지는 모르겠지만 3학년 때 새끼를 여러 마리 낳은 것은 확실하다. 그 무렵의 일기에 그 이야기가 적혀 있었으니까. 초등학교 교사를 지낸 어머니는 내가 초등학교에 입학하자 날마다 일기를 쓰게 했다. 당시로선 드물게 한글을 미리 깨치고 학교에 들어간 나는 1학년 때부터 일기를 썼다. 나의 일기장은 그림일기로 시작해 차차 짧은 이야기들로 채워져 갔다. 저녁마다 내 일기장을 검사하는 어머니에게 혼나는 것이 무서워 일기를 쓰기도 했지만 나는 어린 시절부터 글쓰기를 좋아했던 것 같다.

시골에는 유치원이 없어 나를 유치원에 보낼 수 없었던 부모님은 큰딸인 내가 만 여섯 살이 되자 초등학교에 입학시켰다. 내 친구들은 대부분 여덟 살이었고, 간혹 아홉 살에 초등학교에 들어오는 아이도 있었다. 나는 또래보다 어린 데다 내성적이었고 집도 동네에서 떨어진 곳에 있어 쉽사리 친구를 사귀기 어려웠다. 나는 혼자 강아지와 놀거나 꽃을 따며 시간을 보냈다. 동생들이 자라기 시작하면서부터는 우리 집 옆의 넓은 교회 마당에서 동생들과 놀았다. 하지만 최고의 친구는 무엇보다도 아버지가 사다주는 동화책이었다.

바둑이가 낳은 새끼는 한 마리만 남기고 여기저기로 다 보냈다. 그 녀석은 제 어미와 알콩달콩 살고 있었다. 그 무렵의 일기에는 어린 새끼가 자라는 모습이 자세히 묘사되어 있다. 새끼가 낑낑대면서 부엌 문턱을 넘다가 발라당 넘어지면 어미가 얼른 와서 핥아준다든가, 새끼가 어미 꼬리를 물고 뱅뱅 돌면서 귀찮게 하는데도 어미는 그저 새끼 몸을 가끔씩 핥아주며 예쁘다는 듯 쳐다본다는 내용이 이어지다가, 문득 슬픈 이야기가 나왔다.

우리 집 바둑이의 새끼가 밖에서 놀다가 쥐약 먹은 쥐를 먹고 죽었다. 무얼 잔뜩 토한 채 죽어 있었는데 어른들 말로는 쥐약 먹고 죽은 쥐를 입에 대어서 그런 거라

고 했다. 새끼를 잃은 우리 바둑이는 새끼가 보고 싶은
지 밥도 안 먹고 물도 안 마시며 늘 둘이 놀던 자리에서
눈만 끔벅거리며 혼자 남게 되었다.

이 일기를 쓰고 며칠이 지났다. 어머니가 내 앞에 일기장을
펼쳐 놓더니 그 옆에 원고지도 몇 장 턱 얹어놓으셨다.

"이 일기를 다듬어서 여기 원고지에 옮겨 적어봐. 맨 위 칸
에 제목을 쓰고 그 아래에는 학교, 학년, 이름을 차례대로 쓰
면 돼."

나는 어머니가 시키는 대로 했다. 일기를 두어 번 읽어본
후 제목은 「혼자 남은 바둑이」라 붙이고 '충남 예산 구만국
민학교 3학년 임정아'라고, 역시 어머니가 시키는 대로 원고
지에 적어넣었다. 살면서 무수히 쓰게 될 글을 처음으로 원고
지에 쓴 순간이었다. 일기를 옮겨 적은 원고지를 어머니가 가
지고 나가신 후 나는 원고지 같은 건 까맣게 잊어버리고 있
었다.

며칠 후 교감 선생님이 우리 반 교실로 불쑥 나를 찾아오셨
다. 교감 선생님의 손에는 당시 우리나라에서 유일한 어린이
신문이었던 『소년한국일보』가 들려 있었다. 선생님은 그 신

문을 우리 반 교실 뒤쪽 게시판에 붙여놓으셨다. 우르르 몰려가서 신문을 들여다보던 아이들이 "와아!" 하고 소리를 질렀다. 신문 뒤편 '우리들 솜씨'라는 지면에 내 이름이 쓰여 있었다. 교감 선생님은 얼떨떨하게 서 있는 내 머리를 쓰다듬으면서 말씀하셨다.

"우리 학교에 이렇게 글 잘 쓰는 학생이 있었다니. 내일부터 방과 후에 교무실로 와라. 글짓기를 공부하자."

며칠 뒤 교감 선생님은 부모님을 만나러 우리 집을 방문하셨다.

"어떻게 신문사에 투고하실 생각을 하셨습니까?"

교감 선생님은 내 일기를 다듬어 신문사로 보내셨다는 어머니께 물었다. 어머니는 우리 집에서도 『소년한국일보』를 우편으로 받아보고 있어서 공고를 보고 투고했다고 대답했다.

학교는 물론 온 마을에 소문이 쫙 퍼졌다.

"목사님 큰딸 이름이 신문에 났대. 글이 실렸다나봐. 이렇게 조그만 시골 학교 이름이 신문에 나다니!"

마르고 창백한 듯 하얀 얼굴에 머리를 양 갈래로 땋은 작고 수줍음 많은 소녀였던 나는 일약 학교의 유명인사가 되었다.

그 뒤 나는 매일 방과 후에 교무실로 가서 교감 선생님 옆에 앉아 글쓰기 개인지도를 받았다. 나중에 알고 보니 그분은 꽤 알려진 아동문학가로 나를 발굴해 지도한 것을 큰 자랑으로 여기셨다고 한다.

수십 년이 지난 뒤, 선생님은 인천의 한 학교에서 정년퇴임을 하시며 기념문집을 출간하셨다. 그중 「잊을 수 없는 제자」라는 산문에 '글을 잘 썼던 임정아'라는 구절이 있었다. 한 교사가 평생에 걸쳐 가르쳤던 수백 명의 제자 가운데서 내 이름이 실린 기념문집을 보니 삼외가 새노웠나.

어린 시절 나는 노래도 곧잘 불러 예산군 음악경연대회에 학교 대표로 나가 「섬집 아기」 같은 노래를 독창하기도 했으나 그보다 더 자주 여러 백일장에 학교 대표로 나갔고 어린이신문에 내 글이 여러 번 실렸다. 내 동생에 대해 쓴 글이 라디오에서 '이 주일의 장원'으로 뽑혀 방송되기도 하면서 나의 진로는 별 고민 없이 자연스레 글 쓰는 일로 굳어지게 되었다. 그리하여 나는 평생 글을 쓰고, 국어 선생을 하면서 살게 되었다.

「혼자 남은 바둑이」. 이 짧은 한 편의 글이 말하자면 나의 데뷔작인 셈이다. 아홉 살 소녀의 눈에 비친 외로운 강아지

한 마리는 그렇게 내 삶 속으로 뛰어 들어왔다. 쥐약 먹은 쥐를 먹고 죽은 새끼의 작은 몸뚱이 앞에서 눈만 끔벅이면서 슬퍼하던 혼자 남은 바둑이는.

고무장갑을 끼는 이유

   소백산 자락에서 순하고 착한 강아지 까미와 함께 보내는 나날들은 단조로우면서도 풍성했다. 한드미 마을의 단양집 바로 앞에는 새밭 계곡의 맑은 물이 굽이쳐 흐르고 있었다. 지금이야 그 동네가 유명한 생태관광지가 되어 늘 관광객들로 넘쳐나지만 그 시절에는 고요하고 호젓했다. 내가 그 집을 구하던 당시에는 가곡 삼거리에서부터 비포장길이 이어지는 오지 중의 오지였다.

   여름방학이 시작되어 마을 사람들의 친척이 외지에서 놀러올 때면 모를까, 그렇지 않을 때에는 동네 사람들이 전부 밭으로 일하러 나가고 없어 마을에 개미 새끼 하나 얼씬대지 않을 정도로 조용한 곳이었다. 여름날 집 앞 계곡에서 하루 종일 놀아도 사람 그림자 하나 볼 수 없었다. 계곡 옆에는 계곡의 물길을 막아 주민들이 빨래터로 사용하는 수로가 있었다. 맑고 조용한 그 계곡 옆 수로는 나와 까미의 목욕탕이기도 했다. 품이 넓고 헐렁한 면 원피스를 입은 채 계곡물에 몸을 담그고 나서 치맛자락에 물이 뚝뚝 떨어지는 채로 돌담 오솔길을 따라 집 안으로 들어오는 데에는 3분도 걸리지 않았으니 그야말로 우리 집 전용 계곡이라 할 만했다.

그렇게 내가 계곡에서 신선놀음을 하고 있을 때면 까미는 평평한 너럭바위 한 귀퉁이에 자리 잡고 앉아 내 물놀이가 끝날 때까지 조용히 기다렸다. 아무리 시간이 오래 걸려도 집에 가자고 낑낑대거나 저 먼저 출랑거리면서 혼자 돌아가는 법이 없었다. 너무 더운 날이면 까미를 물속으로 데리고 들어가기도 했지만 물을 싫어하는 까미는 발버둥질하면서 나가려고 애썼다.

순종파인 까미도 내가 고무장갑을 끼고 대문을 나서면 계곡길 반대쪽으로 슬금슬금 올라갔다. 내가 자신을 목욕시킬 때 고무장갑을 낀다는 사실을 알아챈 것이다. 반대쪽으로 올라가봤자 멀리 가지도 못하고 돌담 아래만 왔다 갔다 하다가

"까미야, 까미야" 하고 내가 큰 소리로 두 번만 부르면 마지못해 느릿느릿 내려와 내 옆으로 다가왔다. 정말로 착하고 순한 아이였다. 나는 모든 개가 그런 줄 알았는데 나중에 다른 개들을 키워보니 까미가 얼마나 착했는지 알게 되었다.

단양에 머무는 동안 제천의 세명고등학교와 제천상업고등학교에서 몇 달씩 기간제 교사로 근무하기도 했는데 그 기간에는 까미와 헤어져야 했다. 학교 옆에 방을 얻고 지내야 해서 까미를 데리고 있을 수 없었기 때문이다. 까미를 못 보는 대신 나는 문학 수업을 함께하는 아이들에게 까미 이야기를 들려주었다. 강아지를 키우고 싶어도 키우지 못하는 많은 아이들은 새로 온 문학 선생님이 들려주는 강아지 이야기를 한없이 좋아하고 또 좋아했다. 어쩌면 그 아이들은 불확실한 미래, 힘들고 팍팍한 현실에서 잠시나마 벗어나 천진무구하고 연약한 낯선 생명체에게서 위안을 얻고 싶었는지도 모른다.

나와 수업하는 2학년 학생들은 한 번도 보지 못한 까만 스패니얼 강아지 까미의 존재를 모두 알고 있었을 뿐 아니라 사랑했다. 까미가 새끼를 낳기 위해 문살을 부러뜨리는 극적인 장면에서는 감탄사까지 연발하며 한 번도 보지 못한 그 조그만 강아지의 열렬한 팬이 되기를 주저하지 않았다.

그러던 어느 날 문득 '이러다 언젠가 까미가 내 곁을 떠나는 날이 틀림없이 오겠지? 그땐 어떻게 하지?'라는 생각으로 잠을 설친 적이 있다. 단양에서 충주 가는 길, 남한강변의 '삿갓봉 휴게소'에는 동물 박제가 몇 개 진열되어 있었다. 전망 좋은 그곳을 즐겨 찾으면서도 동물을 박제한다는 것에 대한 거부감 때문에 내심 눈살을 찌푸렸었는데 가만히 생각해보니 까미 사후에 박제를 하는 것도 괜찮은 방법인 듯싶어 주인 아저씨에게서 박제하는 사람의 연락처를 받아두기도 했다.

며칠 후 수업 시간에 아이들에게 슬쩍 운을 띄워보았다.

"그래서 말인데… 까미가 하늘나라에 가면 박제를 해서 그 아이를 영원히 내 곁에 두고 지낼까 해. 너희들 생각은 어때?"

아이들의 반응은 놀라웠다. 죽어서도 까미와 헤어지고 싶지 않은 나의 애틋한 순정에 애처로운 표정으로 감탄할 줄 알았던 여고생들의 대답은 너무나 뜻밖이었다. 아이들은 일단 안 된다고 아우성부터 쳤다.

"선생님은 어떻게 그리 잔인할 수 있어요?"

이런 원초적인 비난마저 서슴지 않고 퍼부었다. '박제하기 위해 죽이는 것이 아니라 죽은 후에 늘 내 곁에 두기 위해 박제하는 것이니 근본적으로 다른 것'이라는 나의 해명에 아이들은 이렇게 소리치며 받아쳤다.

"선생님, 박제하면 그 영혼이 하늘나라 못 간대요."

나는 깜짝 놀랐다. 한 치의 의심도 없이 동물에게도 영혼이 있다고 믿는 아이들. 그 또래의 아이들만이 지닐 수 있는 무모할 만큼의 순수함과 열정이 나를 감동시켰다. 꽤 진지하게 고민했던 '박제' 계획을 나는 그 순간 내 마음속에서 지워버렸다.

까미가 곁에 없는 것만 빼면 더할 나위 없이 행복했던 두 달 동안의 기간제 교사 생활이 끝나고 서울에서 까미를 다시 데려왔다. 아이들이 까미와 만나게 될 날도 다가왔다. 편지에서 늘 까미의 안부부터 묻던 아이들은 여름방학이 되자 단양 산골 오두막으로 찾아왔다. 제천에서 단양이 먼 거리는 아니지만 승용차가 없는 아이들이 버스를 몇 번씩 갈아타고, 하루에 여섯 번밖에 다니지 않는 우리 마을행 산골 시내버스를 기다려 우리 집에 온다는 건 결코 쉬운 일이 아니었다.

점심을 차리는 동안 아이들은 까미를 앞세워 동네를 한 바퀴 돌고 왔다.

"선생님, 정말 까미는 세상에서 제일 착한 강아지네요. 선생님이 왜 그렇게 우리 까미, 까미하고 맨날 자랑하셨는지 알겠어요."

서로 까미를 안아보겠다고 실랑이를 벌이다가 우리 집 꽃밭에서 까르르 웃으면서 사진 찍는 여고 2학년의 눈부신 여름날 한때를 보내던 소녀들. 그 어여쁜 아이들 곁에 까미가 있었다. 적막하던 집에 아이들의 조잘댐과 수선스러움이 넘쳐나면서 싱싱한 초록과 어우러지던 산골의 여름날 풍경을 완성하기에는 순하고 작은 까만 털북숭이 강아지만 한 건 없었을 것이다.

닭장 침입 사건

이왕 시골에서 사는 것, 시골살이의 혜택을 마음껏 누리고 싶은 마음에 새 가족들을 입양하기로 했다. 그래서 단양 장날 오리와 토끼를 몇 마리씩 사가지고 왔다.

닭은 이미 시골에 내려온 첫해 병아리 몇 마리를 산 것이 대가족을 이루어 잘생기고 시끄러운 장닭과 여러 마리의 아내 닭들, 병아리들까지 종일 마당을 구구거리면서 헤집고 다니고 있었다. 한 번도 키워본 적 없는 닭 키우기에 비교적 성공한 셈이니, 초등학교 4학년 때 일기를 잘 썼다고 학교에서 부상으로 받아 일 년 남짓 키워본 경험이 있는 토끼는 한결 쉬울 것 같았다.

사방 천지에 싱싱한 풀이 널렸으니 도시에서 키우는 것처럼 얄궂은 사료 따위는 먹이지 않아도 되었다. 내 집 마당 한 켠에서 귀여운 토끼가 뛰노는 평화로운 모습은 오랫동안 내가 꿈꾸던 전원 풍경의 마침표였다고나 할까. 그리고 오리는 정말 키우기 쉽다고 마을 어르신들이 한결같이 말씀하셨다.

마당 샘가 옆 감나무 아래 널따란 닭장을 짓고 토끼 가족을 입주시켰다. 어렸을 때 코딱지만 한 토끼장에 하루 종일 갇혀 있는 토끼가 가엾다고 생각한 적이 있어 동물원 우리처럼 커다랗게 닭장만 한 토끼장을 지은 것이다. 새끼 오리들도 함께 입주시켰는데 오리들에겐 샘가 옆에 커다란 통을 놓고 물을 가득 받아 거기서 놀게 해주었다. 통이 작은 것이 못내 미안했지만 연못을 크게 파지 못할 바에야 다른 도리가 없었다.

겁 많은 토끼들은 닭장 안에서 폴짝폴짝 뛰면서 지천에 널린 풀을 오물오물 뜯어먹느라 바깥 세상에 관심이 없었으나 오리들은 나가서 물놀이하고 싶다고 종일 꽥꽥거렸다. 오리들이 자유롭게 나다니도록 뒤뜰에 풀어서 키우고 싶었다. 문제는 강아지들이었다.

지난가을 '문살 모정'으로 태어난 그놈들은 순하고 착한 제 어미의 성정은 하나도 닮지 않고 근본 모르는 제 아비만 쏙 빼닮은 것이 분명했다. 세 놈은 몰려다니면서 온갖 저지레를 늘어놓는 악동이지만 튼튼하고 씩씩하게 무럭무럭 자라고 있었다. 하지만 이놈들이 하루 종일 닭들을 쫓아다니는 바람에 우리 닭들은 급기야 가출을 감행해 이웃 빈집 창고나 으슥한 풀숲에 알을 낳기 시작했다.

닭들이야 나가 놀다가도 날이 어두워지면 어슬렁어슬렁 집에 돌아와 사립문 옆 작은 닭장 속으로 들어가니 탈이 없었다. 문제는 소중한 달걀을 자기 집 둥지에 낳지 않는 것이었나. 하긴 닭들이 이찌더 닭깅에 알을 낳게 되면 어떻게 알았는지, 세 악동이 득달같이 달려가 알을 깨뜨리곤 했으니 차라리 내가 먼저 보물을 찾아서 안전하게 가져오는 편이 나을 수도 있었다.

매일 닭들을 괴롭히는 호기심 대마왕 삼총사가 팔짝팔짝 뛰는 어린 토끼와 뒤뚱뒤뚱 걸어다니는 오리를 그냥 내버려 둘 리 없었다. 삼총사는 호시탐탐 닭장 옆에 붙어 이리저리 뛰어다니면서 닭장 안으로 침입할 궁리만 일삼았다. 까미도 곁에 있었다. 철없는 자식들을 말리려는 것인지, 야생의 본능이 새삼 되살아난 것인지는 알 수 없었으나 나는 전자라고 굳게 믿어 의심치 않았다.

삼총사는 호시탐탐 닭장 옆에 붙어

이리저리 뛰어다니면서

닭장 안으로 침입할 궁리만 일삼았다.

어느 날 부엌일을 하는데 주위가 유난히 조용했다. 이상한 느낌이 들어 밖으로 나가보니 토끼 한 마리가 죽어 있고 삼총사가 그 주위를 맴돌면서 공연히 으르렁대고 있었다. 도대체 이 악동들이 닭장에 어떻게 들어갔는지 둘러보니 두더지처럼 땅을 판 흔적, 닭장의 그물망을 물어뜯은 흔적이 있었다. 스패니얼은 원래 유럽의 사냥개였지만 까미는 잡종이었고, 까미 새끼는 잡종의 잡종이어서 유럽 사냥개의 혈통에서 벗어나도 한참 벗어났을 텐데도 사냥개의 피가 흐르고 있었던 것일까. 아니면 움직이는 모든 것을 쫓아다니는 강아지의 본성이었을까.

토끼는 우리 집에 와서 두어 달 지내면서 통통하게 살이 오른 상태였다. 그 토끼가 제일 좋아하는 클로버 잎—오죽하면 클로버의 우리말이 토끼풀일까—을 한 움큼 뜯어서 닭장 안에 넣어주면 작은 입으로 오물오물 맛나게 먹던 모습이 떠올랐다. 귀를 쫑긋 세운 예쁜 아이가 나한테 와서 죽었다고 생각하니 후회가 밀려오고 화도 나서 까미를 크게 나무랐다.

"넌 새끼 단속을 잘해야지, 어미가 돼가지고 새끼들이 이런 못된 짓을 하게 내버려두고 있었어?"

아마 까미 평생에 나한테서 야단 맞은 것은 그때가 유일했

을 것이다. 분위기 파악 못 하고 여전히 천방지축 날뛰는 새
끼들 곁에서 까미는 풀이 팍 죽어서 고개를 늘어뜨린 채 견공
대표로 내 호통을 고스란히 받아내고 있었다. 강아지 부대를
닭장 밖으로 내쫓은 다음 그물망을 수리하고 더 단단히 닭장
을 단속했으나, 한 번 재미를 붙인 탓인지 며칠 뒤 토끼 한 마
리가 또 죽임을 당했다. 더 이상은 안 되겠다 싶어 남아 있는
토끼와 오리를 동네 사람들에게 나누어준 뒤 두고두고 쓰린
가슴을 쓸어내렸다. 하지만 몇 가지 의구심이 나를 괴롭혔다.

첫째, 그들은 틈새도 없을 도끼를 때세 에 주었을까?

둘째, 과연 까미는 보고만 있었을까? 닭장 침입 사건에 까
미도 동참했을까? 철썩 같은 나의 믿음과 달리 공범이나 방
관자에 그치지 않고 혹시 '그 착한 까미'가 주범은 아니었
을까?

마냥 아름답고 평화로웠던 시골살이에서 이 사건은 지금
까지도 유일한 산중 괴담으로 남아 있다. 까미도, 그 새끼들
도 이제 다 내 곁에 없으니 진실은 영영 알아내지 못하게 되
었다.

달콤 살벌한 로맨스

야트막한 돌담 너머 우리 앞집엔 여러 동물 가족이 살고 있었다. 잘생긴 암소와 송아지, 아침에 개울가 풀밭으로 출근해서 종일 풀을 뜯어먹다가 해가 뉘엿뉘엿 지면 집으로 퇴근하는 염소, 여러 마리 중닭 그리고 늘 묶여 있는 누런 똥개.

뒤뜰은 병아리들이 구구대는 소리와 소란스런 몸짓으로 부산하기 이를 데 없었다. 여름이 되면 중닭 정도로 자라 살이 통통해진 녀석들이 활기차게 날개를 파드득거리며 놀았다. 하지만 닭들은 여름휴가 기간에 끊이지 않는 친척과 손님들 접대용으로 한 마리 두 마리씩 사라지기 시작해, 여름이 끝날 무렵이면 거의 모습을 감췄다. 닭을 특히 '중닭'이라고 부른 것은, 그들이 큰 닭이 되지 못하고 여름이 가기도 전에 생을 마감하기 때문이다. 물론 알 낳는 암탉 몇 마리야 농가에 늘 머물겠지만 봄에 수십 마리에 달했던 병아리들 대부분은 자취를 찾을 수 없었다. 그러다 다음 해 봄이면 또 귀여운 병아리들이 하루 종일 삐약거리면서 땅을 헤집고 다니는 것을 보게 된다.

나는 개울가로 내려가는 길에 묶여 있는 늠름한 누런 소와 송아지에게 싱싱한 풀을 뜯어서 돌담 너머로 던져주곤 했다. 그랬더니 이놈들이 내가 지나가기만 하면 어슬렁거리면서 돌담 옆으로 다가오는 것이 아닌가. 제 주인이 아침저녁 작두로 잘라주는 쇠꼴과는 또 다른 맛이었나 보다. 지천에 널린 연하고 부드러운 풀을 골라 돌담 위에 얹어주거나 발치에 던져주면 그놈들은 입김을 허옇게 내뿜으며 아주 맛나게 잘 먹는다. 그들의 운명이 어찌될지 모르지만 그 순간엔 행복해 보였다.

늘 묶여 있는 앞집 똥개는 별로 짖는 일도 없이 대부분 조용하고 순했다. 그런데 그 순한 앞집 개가 우리 닭을 물어 죽인 사건이 일어났다. 우리 닭들은 마당이나 뒤뜰에서 하루 종일 풀을 뜯어먹고, 땅을 파헤쳐 지렁이를 잡아먹으면서 유유

자적 전원생활을 누리고 있었다. 여름이 끝나고, 수많은 손님이 왔다 갔지만 우리 집 닭을 잡아먹는 일이 없으니 닭들의 수명은 2, 3년을 훌쩍 넘겼다. 그러니 노계라 할 만도 한데 바로 이 때문에 사달이 났다.

앞집 닭들은 반 년 정도밖에 살지 못하는 싱싱한 영계들이었다. 그런데 우리 집 수탉이 바로 앞집 영계들과 바람이 나버린 것이다. 우리 집 수탉은 어느 날 슬그머니 담을 넘어 앞집으로 갔다. 수탉 한 마리가 암탉을 여러 마리 거느린다지만 우리 수탉은 그 집의 어린 암탉들에게 홀딱 반해 도무지 집에 올 생각을 하지 않았다. 나는 그것도 모르고 있다가 앞집 아주머니가 알려주어서 당장 앞집으로 달려가 바람난 수탉 나리를 집으로 모시고 왔다.

우리 집에는 수탉이 두 마리 있었는데 좀더 어린 녀석은 암탉 누님들이 무서웠던지, 차마 앞집으로 건너가지 못하고 담장을 배회하면서 슬슬 눈치만 봤다. 강제로 붙들려온 수탉은 날이 밝자마자 다시 담을 넘었다. 매일 밤 수성궁 담장을 넘는 『운영전』의 김 진사도 아니고, 대놓고 뻔뻔스럽게 대낮에 앞집 영계들과 붙어다니는 꼴이 여간 눈꼴시지 않았다. 우리 수탉은 그 집 암탉들과 함께 그 집 닭 모이도 먹고, 그 집 뜰에서 풀도 뜯어먹고, 지렁이도 사이좋게 잡아먹는지, 아니면 잡아주는 건지 도통 집에 돌아올 생각을 하지 않았다.

또다시 강제소환. 그러자 이번엔 앞집 암탉들이 우리 집으로 임을 찾아왔다. 구구구구, 우리 암탉 무리에 낯선 닭들이 섞여 있어 의아했는데 우리 닭들에 비해 눈에 띌 정도로 젊고 어리바리한 것이 앞집 닭들이 분명했다.

"아니, 저것들이 여기가 어디라고 찾아와?"

흥분하여 내쫓으려는 순간, 놀라운 일이 일어났다. 감나무 아래 있던 우리 암탉들 여럿이 갑자기 푸드득 달려들어 앞집 닭의 깃을 쪼아버린 것이다. 그것도 여러 마리가 아주 사정없이 무차별 공격을 퍼부었다. 그런데 정작 수탉은 애인들을 구할 생각은 않고 괜히 먼 산 보는 양 딴전을 피우고 있었다. 나는 뒤뜰로 난 안방 쪽마루에 걸터앉아 까미를 쓰다듬으면서 이 광경을 보고 있다가 데굴데굴 구르며 웃음을 터뜨렸다.

"하하, 첩닭이 조강지처한테 당했구나. 쌤통이다, 요것들아. 그러니 남의 남자 자꾸 꼬여내지 말고 당장 너희 집으로 돌아가."

분노한 우리 암탉들에게 호되게 당한 앞집 닭들은 줄행랑치더니 다음부턴 얼씬도 하지 않았다. 그 대신 우리 수탉이 담장을 넘는 횟수가 많아졌다. 그렇게 두 집 살림을 하던 우리 수탉은 나중에는 우리 집엔 아예 오지도 않고 앞집에서 잠도 자며 눌러앉아버린 듯했다.

앞집 아주머니가 웃으면서 말했다.

"그 집 닭이 우리 집에 있으니 잃어버렸다 생각하고 찾지 마세요."

그러던 어느 날 저녁, 어스름 녘에 어쩐 일로 우리 수탉이 제 발로 집에 돌아왔다. 수탉은 절뚝거리면서 닭장으로 가더니 횃대 위로 올라가지도 못하고 바닥에 꼼짝 않고 앉아 있었다. 아무래도 수상해 손전등을 들고 자세히 살펴보니 꽁지 부분의 털이 뭉텅 빠져 있고 피부가 벌겋게 드러나 있었다. 상처가 심한 것으로 보아 앞집 개한테 물린 것이 분명했다. 나는 뼈가 보일 정도로 깊이 파인 상처 부위에 소독약 한 통을 몽땅 들이붓고 임시변통으로 연고를 발라주었다. 개는 치료해보았으나 닭은 치료 비슷한 것조차 해본 적이 없어서 날이 밝으면 동네 어른들에게 치료 방법을 알아볼 생각이었다.

"조강지처 버리고 바람날 땐 언제고, 병나니까 집으로 기어들어와? 힘없고 아프니까 그래도 집 생각이 나든? 아이고, 이놈아. 이 못나고 불쌍한 놈아."

혼자 중얼거리면서 가여운 수탉을 한 번 쓰다듬어준 다음 나도 자러 들어갔다.

다음 날 눈을 뜨자마자 닭장으로 달려가니 수탉은 여전히 꼼짝 않고 있었다. 날갯죽지를 들추니 더운 날씨 탓인지, 상처가 아문 흔적 대신 구더기가 바글바글했다. 처음 보는 징그러운 광경에 움찔했으나 우리 닭을 포기할 수 없어 가마솥 닦는 솔로 구더기들을 휙 쓸어버린 다음 다시 소독약을 병째 들이붓고 연고를 발라주었다. 그렇게 정성껏 치료해주었지만 "새안에 물 디인 못 일이. 이쁘ㅔ새 드에 있잖이"기는 동네 어른들의 말씀처럼 며칠 후 우리 수탉은 결국 죽고 말았다.

나는 수탉을 뒤뜰 감나무 밑에 묻어주었다. 새벽같이 일어나서 온 동네 떠나갈 듯 목청껏 울어 젖히고 거드름 피우면서 마당을 위풍당당하게 헤집고 다니던 녀석이 그리웠지만 우리 수탉을 물어 죽인 앞집 개가 원망스럽지는 않았다. 남의 집에 가서 얼씬댄 수탉에게 잘못이 있지, 묶여 있으면서도 침입자를 응징한 그 개는 제 할 일을 했을 뿐이니까. 아무튼 우리 가여운 수탉의 달콤 살벌한 로맨스는 이렇듯 비극적인 결말로 끝나고 말았다.

로맨스도 아니면서

우리 마을에서 소백산 쪽으로 가다보면 마을 끝자락에 작은 절이 한 채 있었다. 절이라기엔 너무 작고 암자라기엔 조금 큰 그 절은 조계종도 태고종도 아닌 낯선 종파였다. 그 절은 늘 비어 있는 듯 고요했는데 어느 날부터 요사채를 정비하더니 거기에 사람 드나드는 모습이 보였다. 스님도 아니고 일반인들이.

새밭 쪽으로 올라가다 보면 그 절 바로 맞은편에 멋진 계곡이 있었다. 우거진 수풀에 가려 잘 보이지 않는 오솔길을 따라 내려가면 뜻밖의 비경이 나타난다. 소백산에서 흘러내려오는 푸른 물이 가득 고인 깊은 계곡은 무척이나 수려하고 아름다웠다. 풀숲에서는 풀벌레가 울고 야생화가 지천에 피어 있었지만 인적이 드물어 나만의 작은 비밀 소풍 장소처럼 아껴두고 자주 찾던 곳이었다.

어느 무더운 여름날 오후, 까미를 앞세워 그 비밀 계곡으로 향했다. 우리 집 앞 계곡은 이미 앞집에 온 어린 손님들로 하루 종일 시끌벅적하기에 조용한 데를 찾아간 것이다. 그런데 뜻밖에도 계곡 건너편 물가에 있는 텐트가 눈에 띄었다.

'그렇게 여길 자주 왔어도 사람 한 번 마주친 적이 없었는데 웬 텐트?'

나는 의아해하면서 늘 앉아서 쉬는 넓고 판판한 바위 위에 앉아 가지고 간 책을 펼쳐들었다. 그때 갑자기 하늘이 흐려지면서 소나기가 쏟아졌다.

'얼른 까미를 품에 안고 책으로 머리를 가린 채 절까지 뛰어 올라가 비를 피해야 하나…'

속으로 걱정하고 있는데 갑자기 텐트 안에서 웬 청년이 얼굴을 쑥 내밀며 안으로 들어오라고 손짓했다. 그 안에 사람이 있었다니, 깜짝 놀란 와중에도 어쨌든 비는 피해야 하니까 텐트 안으로 들어갔다. 거기서 낮잠이라도 자고 있었던 듯, 엉거주춤 일어난 청년이 텐트 한 귀퉁이를 비워주었다.

청년은 고시 공부를 하느라 바로 위의 절에서 묵고 있다고
했다.

'아, 요사채를 뚝딱뚝딱 수리하더니 고시생을 받으려고 그
랬구나.'

나보다 일고여덟 살 정도 아래로 보이는 청년이 무지막지
궁금한 눈빛으로 이것저것 묻기 시작했다.

"이 동네에 사느냐, 그런데 여기 사람 같지 않다, 개만 봐도
시골에 사는 개가 아니다, 마을에는 내려가본 적이 없는데 거
기 식당 같은 것이 있느냐, 여기서 매일 같은 것만 먹으니 질
린다, 오늘도 공부가 안 돼서 기분 전환할 겸 텐트치고 있었
는데 이렇게 뜻밖에 만나게 되어 정말 반갑다…"

나는 앉지도 않고 우두커니 선 채 까미를 끌어안고 열려 있
는 텐트 지퍼 사이로 비 내리는 하늘만 내다보았다. 온 산이
비에 젖어 더할 나위 없이 푸르고 푸르렀다. 여름 한낮에 갑
자기 쏟아진 소나기와 시원하게 흐르는 계곡물, 현대판 원두
막인 텐트에 송아지 대신 귀여운 까만색 강아지까지 완벽하
게 단양판『소나기』의 무대가 갖추어진 판국 아닌가.

그런데 소나기 내리는 한여름 날 오후 비를 피해 들어간 계
곡의 텐트 안에 젊은 청년과 단둘이 있는데도 마음이 설레기

는커녕 어딘지 모르게 불편했다. 그래서 그의 물음에 건성건성 대답하면서—그래도 텐트에서 비를 피하게 해주었으니까—빨리 비가 그쳐 집으로 갈 시간만 기다리고 있었다. 드디어 비가 그치자 건성으로 인사한 후 서둘러 계곡을 빠져나와 집으로 향했다. 이제 나만의 비밀 계곡에 소풍도 못 가겠구나 하는 아쉬운 마음을 안고서.

며칠 후 부엌에 있다가 인기척에 마당을 내다본 나는 깜짝 놀라 그 자리에 멈춰서고 말았다. 절에서 고시 공부한다는 그 청년이었다. 청년은 한 손에 검은색 비닐봉지를 들고 어색한 미소를 지으며 마당에 서 있었다.

"아, 여기 사셨군요. 집이 꽤 넓네요. 마당도 예쁘고."

우리 집을 어떻게 찾았느냐는 말이 먼저 튀어나왔다.

"저 강아지요. 저 강아지 뒤를 따라왔더니 이 집으로 오던데요."

청년은 무척이나 반가운 듯 까미를 가리키면서 말했다. 까미가 또 동네 마실을 다녀온 모양이었다. 나는 본래 커피 인심이 후한 편이어서 학교에서고 어디서고 별로 친하지 않은 사람에게도 차 대접을 잘하는 편이다. 하물며 우리 집에 찾아온 손님인데 커피 한 잔 정도, 아니면 그가 마을의 하나뿐인 작은 가게에서 샀을 것이 분명한 검은색 비닐봉지 속의 음료수라도 대접하는 것이 마땅했다.

하지만 그러지 않았다. 말벗이 필요했든 함께 음료수를 나눠 마실 친구가 필요했든 간에 소나기 오던 날 한 번 마주친 강아지를 따라 집까지 찾아온 그 청년에게 앉으라는 소리도 하지 않고 그대로 보내버리고 말았다. 첩첩산중에서 홀로 고시 공부하느라 외롭고 피곤했을 그가 사온 음료수도 "공부하시다가 드세요"라고 거절하며 끝내 받지 않았다.

"제가 지금 막 나가려던 참이어서 차 대접도 못 하네요. 죄송해요."

지금 생각하니 내가 너무했다는 생각이 들지만, 남의 집 숟가락 개수까지 훤히 꿰뚫고 있는 작은 산골에선 어쩔 수 없었다. 그때의 선택에는 지금도 후회가 없다. 마을 할머니들은 내가 '잡아먹지도 못할 쪼그맣고 쓸모없는 개' 키우는 것도 참견하셨고, 마당 가득 심은 해바라기를 향해 '저 쓸데없는 거 싹 뽑아버리고 그 자리에 콩이나 호박을 심으라'면서 필요하다면 제초제를 기꺼이 그 해바라기에 뿌려주겠다고까지 하셨다. 동네 할머니들의 괜한 미움을 받는 까미와 해바라기는 그래서 나에겐 더욱 애틋했다.

아무런 연고도 없는 산골에서 이상한 까만 개 한 마리 데리고 혼자 사는, 온 마을의 과도한 관심을 호시탐탐 받는 서울 여자 집에 절에서 고시 공부하는 청년이 들락거린다는 소문은 화살보다 빠르게 퍼져나갈 게 분명했다. 소문 따위 무서워하지 않고 살아왔지만 로맨스도 아니면서 괜히 쓸데없는 소문의 주인공이 되고 싶지는 않았다.

물론『101마리 달마시안』처럼 강아지가 중매쟁이가 되어 사랑을 이루는 진짜 로맨스였다면 말할 나위 없이 해피엔딩이었겠지만 세상 일이 영화처럼 되지는 않으니까. 그렇다고 우리 까미가 충견이 아니란 이야기는 아니다. 까미 눈에 그 청년이 무척 멋져 보였다면야 어쩔 수 없지 않은가.

특급 조교

단양에서 4년여 동안 나와 행복하게 살았던 까미는 나의
복직과 더불어 다시 서울로 오게 되었다. 까미를 다시 만난
부모님은 무척 좋아하셨다. 까미 새끼들인 악동 삼총사는 이
미 친척집 여기저기로 업혀가 그들의 소행과 상관없이 귀염
받으며 잘 살고 있었고, 착한 어미 까미는 여전히 내 곁에 머
물러 있었다.

까미의 귀환을 환영해준 것은 우리 가족만이 아니었다. 제
천의 고등학생들에 이어 이번에는 서울의 중학생들이었다.
중학생들은 툭하면 까미 이야기를 해달라고 졸라대기 일쑤
였다. 국어 과목이 좋은 건 교과 내용의 범위가 다양하고 광

범위해서 어떤 이야기도 학습 내용과 연관시킬 수 있다는 점이었다. 하물며 아이들 대부분이 절대적으로 좋아하는 동물 이야기는 아무리 들려주어도 결코 질려 하는 법이 없었다. 새 학기 초에 학생들에게서 자기소개서를 받아보면 옛날과 달리 가족 구성원란에 '아빠, 엄마, 언니(누나), 나, 아롱이' 순으로 적혀 있는 것을 심심치 않게 볼 수 있었다. 간혹 고양이인 경우도 있었으나 '아롱이'의 대부분은 강아지였다.

"선생님, 까미 얘기해주세요."

"까미 얘기? 새로운 스토리 없음. 너네들 다 아는 얘기뿐이야."

"그래도 해주세요. 까미 얘긴 백 번 들어도 재미있단 말이에요."

철없는 중학생들은 한 걸음 더 나아가 국어 시험을 잘 보면 까미 새끼를 상으로 달라는 엄청난 협상안까지 내놓았다. 대개는 공부 안 하고, 지각 잘 하고, 숙제나 수행평가는 전혀 제 소관이 아니라고 버티는 우리 반 뺀질이 남자아이들이었는데, 까미가 새끼를 낳았다는 소식만큼은 용케 잊지 않고 기억하고 있었나 보다.

"까미 새끼를 달라고? 국어 시험을 못 봐도 줄 수는 있지만 너만 원해서는 안 돼. 엄마 허락을 받아와. 하지만 너희 엄마 대답을 내가 미리 말해볼까? '강아지 키운다고? 안 돼. 난 너희들 키우는 것만으로도 힘든 사람이야' 이러실걸?"

"와, 선생님 도사다. 어떻게 그렇게 우리 엄마랑 똑같은 말씀을 하세요? 완전 신기하다."

"그거야 너네는 예뻐하기만 하지 책임지거나 힘든 일은 안 할 거 아냐? 예쁘다고 데려오기만 하면 뭐해? 강아지 한 마리 키우려면 해야 할 일이 많잖아. 밥 챙겨주고, 청소하고, 산책시키고, 목욕도 시켜야 하는데 이런 힘든 일들은 고스란히 엄마 몫이 될 게 뻔하니 엄마가 반대하시는 건 당연하지."

"그러니까 강아지를 키우고 싶어도 못 키우는 불쌍한 우리를 위해서 까미 얘기 또 해주세요."

귀여운 투정에 못 이기는 척 나는 까미 이야기를 꺼낸다. 아이들은 초롱초롱한 눈빛으로 내 이야기에 집중한다. 그 이후 수업은 술술 풀리기 마련이니 이쯤 되면 우리 까미를 '특급 조교'라 불러도 좋을 것 같다. 이렇듯 까미 덕분에 아이들과 나 사이는 훨씬 친밀해졌고 늘 풍성한 대화로 넘쳐났다.

그러다가 문득 글쓰기 수업의 「묘사하기」 대목을 가르칠 때 까미를 교실에 데려와서 모델로 쓰면 참 좋겠다는 생각을 하기도 했다.

　'이 강아지의 생김새를 묘사하되 빛깔, 크기, 모양, 눈, 코, 입의 구체적인 모양 등을 노트 반 장 분량으로 묘사하시오.'

　이런 과제를 내면 아이들이 정말 잘 쓸 것 같았다. 우리 까미라면 한 시간 아니라 한나절 동안이라도 교실에서 얌전히 모델 역할을 할 수 있을 테니 「감상 쓰기」까지 나아갈 수도 있지 않을까.

　'아, 참 좋은 수업 방법인데 실행하지 못하는 것이 정말 안타깝노나!'

　겨울방학에 프랑스, 독일, 벨기에 등 유럽의 학교들을 방문한 적이 있다. 벨기에 헨트에 있는 한 초등학교 수업 참관을 마쳤을 때였다. 수업이 끝나자 푸른 눈에 금발의 아이들은 우르르 교실 한구석으로 가더니 거기 놓여 있는 작은 우리에서 햄스터 한 마리를 꺼내서 안고 와 우리에게 보여주며 자랑했다. 멀리 한국에서 온 선생님들에게 그 아이들이 보여주고 싶었던 것은 자기들이 키우는 작은 햄스터 한 마리였다. 손바닥 안에 햄스터를 올려놓고 쓰다듬으면서 우리를 향해 활짝 웃던 아이들의 미소, 자부심과 사랑스러움이 깃든 그 눈빛은 너무나 인상적이었다. 그 이후 벨기에 하면 초콜릿도, 오줌싸개 동상도, 루벤스의 그림도 아닌 초등학교 교실의 햄스터가 가장 먼저 떠오르곤 했다.

그때 또 인상 깊었던 것이 '교실에서 작은 동물을 키운다'는 행위였다. 우리나라 초등학교에서도 간혹 키운다는데 이걸 중학교에도 확대시키면 좋지 않을까 하는 생각이 들었다.

실제로 일본의 한 중학교에서 강아지를 키웠다는 교육 다큐 프로그램을 본 적이 있다. 무단결석을 일삼던 여학생이 '강아지를 키우게 해주면 학교에 가겠다'고 하자 가톨릭계 사립학교였던 그 학교의 수녀 선생님 몇이 유기견을 입양해 학교에서 키우게 했다. 강아지 산책시키기, 배설물 치우기, 밥 먹이기, 목욕시키기 등의 모든 일을 학생들이 조를 짜서 돌아가며 하게 했다. 학교에서도 이 정도로 아이들이 변할 줄은 몰랐다고 할 정도로 결과는 '해피엔딩'이었다. 결석을 일삼던 그 여학생처럼 평소에 말썽부리고 주변 사람들을 힘들게 했던 아이들이 서로 힘을 모아 강아지를 돌보며 차츰 밝아졌다. 그뿐만 아니라 자신도 모르는 사이에 책임감이 생기고 서로 돕고 타인을 배려하는 등 아이들의 내면에 감추어져 있던 '선한 본성'이 깨어났다는 것이다.

'몇 가지 문제가 발생할 수 있겠지만 학교에서 의지만 가지고 실행한다면 우리 아이들도 일본의 그 학교 아이들처럼 변화할 수 있지 않을까. 무엇보다 생명을 소중히 여기는 귀한 마음을 배울 수 있을 것이다. 아니, 무얼 꼭 배워야만 하나. 그 작은 생명체가 아이들에게 주는 위안과 기쁨 자체만으로도 학교는 즐거운 공간이 될 수 있을 거야. 나는 기꺼이 그 책임자 역할을 할 수 있을 텐데…'

이런 상념에 잠겨 있다가 나는 현실로 돌아왔다.

'에그, 학교에서 그런 민기고요 일요 에 벌이겠어? 관리자가 특별한 소명감을 지니고 추진하지 않는 한 불가능한 일이야. 쓸데없는 생각 관두고 우리 까미나 잘 돌보자. 그렇지, 까미야?'

나는 중얼거리면서 내 곁에 있는 특급 조교의 까맣고 복슬복슬한 목덜미를 쓰다듬어주었다.

삶은 아프고도 아름답다

까미가 하늘나라로 갔다. 어느 날 아침 느닷없이 내 곁을 떠나갔다.

한밤중에 갑자기 토하고 누워만 있더니 아침에 어머니가 병원에 데려가는 길에 길가에서 조용히 눈을 감았다고 한다. 아픈 까미를 두고 출근하는 발길이 떨어지지 않았다. 중간고사 시험감독을 세 시간 하고 난 후 집에 전화했더니 어머니는 그 소식을 떨리는 목소리로 전해주셨다. 집에서 연락이 없어 까미가 무사한 줄 알았는데, 아마 어머니는 슬픈 소식을 차마 전할 수 없어 내게 연락을 안 하신 모양이었다.

까미를 잃은 슬픔과 후유증은 오래갔다. 나는 일주일 동안 화장도 하지 않고 옷도 잡히는 대로 아무렇게나 입고 다녔다. 화사한 빛깔의 옷은 입지 않았다. 하루 종일 울어서 눈이 퉁퉁 부어 있었고, 누구를 만나건 아무 말도 할 수 없었다. 학교 식당에서 점심을 먹으려고 숟가락을 들면 눈물이 뚝뚝 국그릇으로 떨어졌다. 내색하지 않으려고 일부러 식당에 가긴 했지만 밥을 전혀 먹을 수 없었다. 나는 다른 사람들이 눈치채지 못하도록 고개를 푹 숙인 채 숟가락만 달그락거리다가 조용히 일어서곤 했다.

다행히 중간고사 기간이어서 수업을 하지 않아도 된다는 점이 그나마 나를 위로해주었다. 하루 종일 웃던 사람이 하루 종일 슬픈 얼굴을 하고 있으니 더 가슴이 아프다며 동료들이 위로해주었다.

2년 동안 함께 지내다가 다른 학교로 옮겨간 구희진 선생님은 내 소식을 듣고 대뜸 학교로 찾아왔다. 그녀는 학교를 휴직하고 서울대 박사 과정을 수료하기 위해 공부하던 중이었는데 연구실에서 일찍 나오겠다고 연락했다.

"선생님, 가고 싶은 데 있으세요? 어디든지 제가 모시고 갈게요."

나는 아무 생각 없이 그녀의 차에 올라탔다.

"양수리에 갈까요?"

"응."

"그런데 그쪽 길은 올 때 차가 많이 막힐 것 같아요. 강화도에 갈까요?"

"응."

다행히 그녀는 나에게 더 이상 묻지 않고 강화도로 차를 몰았다. 그리고 자신의 어린 시절 이야기로 나를 위로해주었다. 어렸을 때 키우던 강아지가 다른 집으로 가게 되어서 삼 남매가 오랫동안 무척이나 슬퍼했다는 이야기.

우리는 강화도의 해변을 달리다가 동막해수욕장 옆 본오리 돈대에서 해가 지는 광경을 말없이 바라보았다. 해 지는 광경을 마흔세 번 보며 외로움을 달랜 어린 왕자처럼 나도 마흔세 번 석양을 보고 싶었다.

드디어 나흘에 걸친 중간고사 기간이 끝나 수업을 해야 하는 시점이 오자 정말 걱정이 되었다. 우리 반에서는 그럭저럭 말도 잘 하고 아이들에게 중간고사 주관식 답안지 점수도 확인시켜주었다. 그런데 다음 시간인 3학년 3반에서는 교단에 서는 순간부터 눈물이 쏟아져 도무지 아무 말도 할 수가 없었다.

"선생님, 어디 아프세요?"

누군가가 한 말을 신호로 울음이 터졌다.

"까미가 죽었어. 흑."

아이들 사이에 작은 술렁임이 일었다. 작년에 나에게 국어 과목을 배웠던 아이들은 '까미'를 알고 있었고, 까미가 나에게 어떤 존재인지도 너무나 잘 알고 있었다.

"까미가 뭐야? 강아지?"

남자아이들의 말소리와 작은 웃음소리가 이어졌다. 강아지가 죽은 일로 선생님이 우니는 사실이 우스웠던 모양이다.

"이해하지 못하는 사람도 있겠지만 까미는 나하고 13년을 함께 살았어. 나에게 가족 같은 존재였는데 그런 아이가 하늘나라에 가니 너무 가슴이 아파 오늘은 수업을 못 하겠어. 미안해. 그냥 책을 읽도록 해."

가까스로 말을 마치고 선 채로 소리 죽여 흐느끼고 있는데 앞자리에 앉아 있던 정유진이 내 곁으로 다가왔다. 그 아이는 나를 부축해 의자에 앉히고는 뒤에서 나를 꼭 껴안아주었다. 그 다정한 몸짓이 커다란 위로가 되었다.

'열여섯 살 소녀가 나를 위로해주는구나.'

한 시간 동안 아이들은 책을 읽고 공책에 무언가를 쓰기도 했다. 어제 중간고사가 끝났으니 아이들도 좀 쉬고 싶었을 것이다.

수업 시간이 끝나자 한 무리의 여학생이 내 주위로 몰려와 나를 에워쌌다.

"선생님, 울지 마세요. 까미는 좋은 데 갔을 거예요."

그 아이들은 나를 조용히 위로하며 내 어깨를 끌어안았다. 눈물을 닦으며 천천히 둘러보니 박현정, 김하현, 정유진, 최설화였다. 특히 현정이는 작년에 우리 반이어서 까미를 더욱 잘 알고 있었다.

5반 수업 시간 전, 작년에 우리 반이었던 김영진이 복도에서 나를 기다리고 있었다.

"안됐어요."

영진이가 작은 소리로 말했다.

"얘기 들었어요."

작년에 내가 담임일 때 그 아이가 이런 말을 건넨 적이 있다.

"선생님, 저는 6개월 키운 토끼 보낼 때도 무척 슬펐는데 선생님은 나중에 까미 어떻게 보내실래요?"

그때 나는 그 말을 가볍게 들었다. 아마 나는 우리 까미가 영원히 살 거라 믿었던 모양이다. 그런데 그런 말을 했던 아주 작고 귀여웠던 소년이 어느덧 키가 훤칠하게 자라 청년 같은 모습을 하고 나를 위로해주기 위해 혼자 복도에 서서 기다렸던 것이다. 가슴이 뭉클해졌다. 지각대장에 청소는 단골로 도망가서 늘 나에게 야단맞기 일쑤였는데 그 아이의 따뜻하고 순수한 마음은 나를 향해 변함없이 열려 있었다는 사실에 미안하고 고마웠다. 아마도 그래서 그 아이의 위로가 더욱 가슴 깊이 다가왔던 것 같다.

며칠 후였다. 과학고등학교 입시를 준비하고 있는 우리 반 유원석 어머니께서 고등학교 입시 상담 차 학교에 오셨다. 원석이 어머니는 연노란색 꽃이 몇 대 올라와 있는 동양란 화분을 내 품에 안겨주며 말씀하셨다.

"원석이가 요즘 선생님이 생명 때문에 슬퍼하신다고 하기에 생명이 있는 걸 가지고 왔어요."

가슴속으로 작은 물줄기가 흐르고 지나가는 것 같았다.

"진학 상담하러 학교에 가야겠다"고 하자 원석이가 "요즘 우리 선생님이 깊은 슬픔에 잠겨 있다"고 하더란다. 무슨 슬픔

"선생님,

울지 마세요.

까미는 좋은 데 갔을 거예요."

이냐고 묻자 "생명 때문에 슬퍼하신다"고 대답했다는 아이.

"선생님, 어차피 생명은 유한한 것이지만 얼마나 슬프시겠어요? 이 꽃이 선생님께 작게나마 위로가 되었으면 좋겠어요."

까미 생각에 다시 눈물이 맺혔으나 나는 미소를 지으며 어머니의 손을 맞잡았다. 동양란 화분보다도 "우리 선생님이 생명 때문에 슬퍼하신다"고 한 평소 말 없는 원석이의 표현이 더욱 큰 위로가 되었다.

우리 반 남희와 진우 어머니께서도 위로의 메일을 보내셨다. 정작 우리 반에서는 까미 얘길 한 번도 한 적이 없는데도 아이들이 다 알고 있다는 사실이 이상했는데 나중에 알고 보니 도덕과 김수희 선생님이 말해주었다고 한다.

일주일쯤 지나자 과학과의 박경숙 선생님이 복도에서 만난 나를 잡아끌고 과학실로 데려가 커피를 내려주며 말했다.

"강아지 애도 기간 끝났어? 커피 마시러 오지도 않고… 이제 좀 웃고 화장도 하고, 옷도 화사한 걸로 입고 다녀. 그래야 임정아답지."

그 말에 또 눈물이 핑 돌았으나 나는 애써 희미한 미소를 지어보였다.

"우리 딸도 강아지 잃고 나서 일주일 동안 밥도 안 먹고 울더라고. 그 강아지는 죽은 것도 아니고 사정이 생겨서 대구 친정집에 데려다준 건데도 말이야."

많은 사람이 나를 걱정해주고 있다는 사실을 깨달으면서 차츰 치유의 길로 접어드는 나 자신을 발견했다. 심지어 구희진 선생님은 당시 전교조 분회장이었던 강명순 선생님께 진지하게 말했다고 한다.

"임정아 선생님께는 강아지가 가족이나 마찬가지니까 분회원끼리 조의금을 걷어주는 건 어떨까요?"

나중에 그 말을 전해들은 우리 학교 분회원들은 모두 황당해하거나 웃는 대신 "구희진답다. 구희진이라면 그런 생각하고도 남지"라고 입을 모았다고 한다.

보름쯤 지나 스승의 날이 되자 3반 유진이는 내게 강아지 인형을 선물했다.

'얘는 까미 동생 깜돌이예요. 다시는 돌아올 수 없는 까미 대신 깜돌이에게서 조그만 위로를 찾으셨으면 해요'라고 쓰여 있는 카드를 읽으며 나는 미소 지었다. 우리 까미처럼 까만색은 아니지만 똘똘해 보이는 갈색 인형 깜돌이가 평소의 유진이처럼 다정하고 명랑한 표정으로 나를 말끄러미 쳐다

보고 있었다.

어느 날은 복도에서 마주친 체육과 이석준 선생님이 다짜고짜 말했다.

"누님, 내가 예쁜 강아지 한 마리 데려다줄 테니까 그만 울어."

60명 교사 가운데 유일하게 나와 같은 대학 출신 후배인 그는 정말로 그의 고향인 남녘 땅 광주까지 내려가 생후 50일을 갓 넘긴 달마시안 강아지를 안고 올라와 우리 동네까지 데려왔다. 이 세상에서 가장 귀여운 것은 점박이 강아지란 사실을 그때 나는 처음 깨달았다.

3반의 건우도 강아지를 안고 왔다.

"선생님, 엄마가 선생님한테 새 강아지가 생겨야 슬픔을 잊으실 거라고 하셨어요. 마침 저희 집 '슈'가 새끼를 낳았는데 제일 예쁜 놈으로 데려올게요. 그 애도 까미처럼 까만색이에요."

그래서 강아지 한 마리가 또 생겼다. 달마시안의 눈은 사슴을 닮아서 소설 『아웃 오브 아프리카』의 여주인공이 키우던 사슴 이름 '루루'로 지었고, 건우가 준 까만 슈나우저에게는 다시 '까미'라는 이름을 붙여주었다.

까미가 떠난 자리는 이렇게 풍성한 사랑으로 채워졌다. 깜돌이, 루루, 까미. 물론 이 아이들이 13년 동안 나의 분신이나 마찬가지였던, 그 착하고 온순하며 영리하던 까만 스패니얼 잡종개 까미를 대신할 거라 생각하지는 않았지만 새로운 사랑이 나를 위로하고, 일으켜 세우고, 지탱해주고 있다는 사실을 깨닫게 되었다. 학생들은 물론 동료 교사들과 학부모님들까지 한마음으로 따뜻했던 그곳, 서울 신길동의 대영중학교는 지금도 그리운 곳이다.

까미를 보내고 얻은 슬픔과 상실감이 큰 만큼 새롭게 깨우친 사랑의 깊이 또한 크고 깊었다. 그것이 바로 인생의 비밀인 것 같다. 끝없는 상처와 고통의 연속인데도 인생은 왜 아름다운 것인지를 푸는 비밀의 열쇠, 무심한 바람결에 어디선가 휙 스쳐오는 꽃향기 같은 것. 그래서 삶은 아프고도 아름답다.

2

너는 어느 별에서
태어났기에

첫 만남

까미가 세상을 떠난 지 2년이 흘렀다. 까미 대신이라며 후배 교사와 학부모님이 데려다주었던 강아지들은 한동안 내 슬픔을 달래주었으나 이상하게 끝까지 내 곁에 머물지 못했다. 달마시안 루루는 흔치 않은 외모와 희귀성, 영화 주인공이라는 매력까지 더해져 많은 사람에게 칭찬과 애정을 듬뿍 받았다. 101마리 달마시안이 영화에만 있는 줄 알았다가 실제로 보고 홀딱 반한 어린 조카 효식이는 저희 집 옥상에 잘생긴 진돗개가 있는데도 우리 집에 올 때마다 루루를 달라고 졸라댔다. 사실 까미의 친정은 효식이네였다. 그 집에서 태어나 두어 달쯤 살다가 우리 집으로 온 것이다.

'그렇게 귀한 까미를 내게 보내주었으니 나도 우리 루루를 보내줄 수 있지 뭐.'

생판 모르는 남의 집에 가는 것도 아니고 마음만 먹으면 언제든지 갈 수 있는 곳이니 괜찮을 것 같았다. 우리 집 마당에 묶여 지내는 것보다 그 집의 넓은 옥상에서 뛰놀면서 지내는 편이 루루에게 더 좋을 것 같다는 생각도 들었다. 서운하기는 했지만 그래도 다른 강아지가 남아 있어서 아쉬움을 달랠 수 있었다.

학부모 건우 어머니가 데려다주신 까만색 슈나우저 까미는 루루와 함께 형제처럼 자랐다. 두 놈 다 성격이 좋고 착해서 사이가 좋았다.

루루가 여동생 집으로 간 후 까미는 아버지가 선물받은 진돗개와 함께 마당에서 지냈다. 진돗개를 좋아하시는 우리 아버지를 위해 수의사였던 친척이 특별히 고르고 골라 족보 있는 개라며 혈통서까지 곁들여 우리 집에 보내준 진돗개였다. 그 진돗개는 온몸이 새까맣게 윤기 흐르는 검은색 털로 덮여 있고 양쪽 눈 아래에 새하얀 반점이 대칭으로 박혀 있는 희귀한 블랙탄이었다. 우리 집에 오는 손님들은 '이렇게 멋있는 진돗개는 처음 본다'며 칭찬을 아끼지 않았다. 그러나 아버지가 애지중지 키우던 멋있는 진돗개는 밤중에 누군가 훔쳐가 버렸고 슈나우저 까미는 일요일 오후, 전철 타러 가는 나를 배웅하러 나왔다가 돌아오지 않았다.

슈나우저 까미는 아침마다 학교에 가는 나를 배웅했고 저녁이면 마중 나왔다. 어머니는 오리지널 까미 없는 슬픔을 빨리 잊으라며 내가 후배 까미를 데리고 갈 수 있도록 아침마다 전철역까지 까미와 함께 나와주셨고, 집에 돌아올 때에도 마찬가지였다.

그렇게 수십 번도 더 나선 길을 헷갈린 아이가 없었을 리가 없다. 그날도 종로 3가에 가기 위해 집을 나서는데 까미가 촐랑촐랑 따라 나왔다. 일요일 오후, 집에서 빈둥거리다가 갑자기 만나자는 친구의 전화를 받고 나선 길이었다. 까미는 아마 내가 산책이라도 가는 줄 알았나 보다.

"까미야, 이제 집으로 가. 빨리 가."

나는 전철역 계단을 오르면서 따라 나온 까미에게 소리쳤는데 그게 마지막이 되고 말았다. 흔치 않은 견종에다 잘생긴 슈나우저, 사람을 잘 따르던 순한 아이를 꼬여내어 누군가가 데려간 것 같았다. 이른바 '애견 산업'이라는 것이 막 시작되던 무렵이었다. 벼룩시장 신문에 광고까지 내면서 여러 달을 찾아 헤매었으나 비슷한 시기에 잃어버린 두 마리 개는 끝내 찾지 못했다.

그렇게 한꺼번에 강아지들을 잃어버리고 나자 상심이 너무 커 다른 아이를 들일 엄두가 나지 않았다. 까미의 빈자리는 더욱 커져만 갔다. 그 아픈 세월 동안 제일 부러웠던 풍경은 강아지를 데리고 산책하는 사람들의 뒷모습이었다.

까미의 부재와 애도 기간인 2년 동안 아플 만큼 아팠고 넘치도록 슬펐다. 그러나 역시 세월이 약인지라 어느 정도 마음의 흉터가 아물 무렵, 마침 부모님 댁에서 독립해 새 집으로 이사하게 된 것을 계기로 나는 새 식구를 물색하기 시작했다.

요즘 한참 논란인 '강아지 공장'의 존재를 알지 못했지만 그때에도 유기견 문제는 심각한 편이었다. 나는 이른바 '애견숍'의 유리 상자 안에 전시된 작고 예쁜 강아지들 대신 '버림받은 아이를 두 마리 입양하자'는 원칙을 세웠다. 부모님 댁에서 살 때는 내가 출근하거나 여행을 떠나도 할아버지, 할머니, 삼촌 등 강아지를 돌봐줄 사람이 있었지만 독립한 후로는 사정이 달라질 게 분명했다. 일인 가족과 더불어 반려동물 인구가 폭발적으로 늘어났지만 주인이 출근하고 나면 열 시간 이상을 강아지 혼자 빈집에 있어야 한다는 사실은 늘 어렵고 안쓰러운 과제였다.

이사를 마친 11월부터 유기견 사이트나 강아지 나눔 카페를 뒤지고 뒤진 끝에 마침내 새 식구를 결정한 것은 다음 해 2월 초가 되어서였다. 한 마리라면 당장 그날이라도 데려올 수 있었으나 두 마리를 한 번에, 가능하면 같은 집에서 데려오려니 쉽지 않았다. 마침내 나와 인연이 닿은 녀석들은 세 살, 네 살 된 토이 푸들 한 쌍이었다.

세 식구가 빌라에 살면서 가족처럼 키웠으나 곧 제대하고 집으로 돌아오는 남동생의 아토피 증세가 심해 더 이상 개를 키우지 못하게 되었습니다. 눈물을 머금고 보내니 정말 사랑하고 아껴주실 분만 연락주시면 좋겠습니다.

이렇게 글을 올린 여자와 몇 차례 메일을 주고받고 통화를 했다. 키우던 개를 분양하는 이유의 대부분은 이사를 가거나, 아기가 태어나거나, 가족 중 누군가가 반려동물과 함께 살지 못하기 때문이다. 그래도 버리지 않고 새 가족을 찾아주려 애쓰는 사람이 많으니 다행이다.

마침 봄방학이 시작된 무렵이라 한가한 평일 낮에 예일여고 앞 그 집으로 새 식구를 데리러 갔다. 거실에는 강아지가 다섯 마리나 뛰놀고 있었다. 여자는 자신뿐 아니라 부모님도 개를 정말 좋아하는데 남동생 때문에 모두 분양해야 하는 상황이라 많이 속상하다고 했다. 그중 하얀 푸들 한 마리가 단연 눈에 띄었다. 그 푸들은 소파에 앉아 도도하게 나를 힐끔 쳐다보더니 내가 자리에 앉자 재빨리 내 무릎으로 옮겨와 쏙 안겼다.

"어머! 얘가 자기를 데려갈 새 주인인 줄 아나 봐요. 정말 영리한 아이랍니다."

여자는 서운해하면서도 대견하다는 듯 말했다. 나는 속으로 깜짝 놀랐다.

'이렇게 예쁜 강아지를 팔지도 않고 무료로 분양하다니.'

그 하얀 푸들은 지금까지 내가 본 수많은 강아지 가운데 가장 예뻤다. 하얀 눈송이처럼 예쁜 아이였다. 총명함으로 초롱초롱 빛나는 까만 눈과 눈처럼 하얗고 곱슬거리는 털, 우아하게 늘어진 두 귀, 해변의 몽돌처럼 까맣고 윤기 있게 반들거리는 작은 코까지. 얼굴은 또 어찌나 조그마한지, 내 주먹보다 더 작아 보였다.

"그런데 전화로는 차마 말씀을 못 드렸는데 데려가실 아이 가운데 한 마리는 눈이 보이지 않아요."

지금까지 그런 이야기는 한 번도 없었기에 나는 몹시 당황했다. 나와 통화했던 젊은 여자가 거실 귀퉁이에 웅크리고 있는 하얀 솜뭉치 같은 강아지를 안고 왔다.

"아롱이예요. 네 살 된 수놈인데 도그쇼에 나가려고 생각했을 정도로 세미보다 더 예뻐요. 그런데 아롱이가 맨날 점프해서 받아먹던 간식을 어느 날 갑자기 못 받아먹는 거예요. 잎을 못 고게 된 기고, 백내장이라는데 수술비가 삼백만 원이나 된다고 해서 엄두를 못 내고 그냥 키우고 있었어요."

여자의 품에 안긴 아롱이는 세 살 된 세미보다 더 앳돼 보였고, 안 보인다는 눈에도 까맣게 윤기가 흐르고 있었다.

"솔직히 세미 한 마리면 데려가겠다는 사람이 줄을 섰어요. 세미가 워낙 똑똑하고 예쁘니까 돈 주고 사겠다는 사람도 있었지만 저희는 아롱이까지 같이 데려갈 사람을 찾고 있었거든요. 세미는 성질이 못돼서 우리 집 강아지들 대장 노릇을 하고, 자기보다 나이가 훨씬 많은 애들도 괴롭혀요. 그런데 신기하게도 아롱이가 앞이 안 보이는 걸 아는지 아롱이만 괴롭히지 않아요. 아롱이도 세미하고만 놀고요. 둘이서 새끼도 한 번 낳았어요."

　나는 말없이 아롱이의 털을 어루만지면서 잠시 생각에 잠겼다. 예상치 못한 변수였다. 학교에서 아이들을 가르치며 혼자 강아지 두 마리를 돌보는 것도 분명 벅찰 텐데 그중 한 마리는 눈먼 아이라니. 정상인 강아지의 몇 배는 더 힘들 뒷수발을 내가 감당할 수 있을까. 전화로 미리 말하면 틀림없이 눈먼 강아지를 데려가려는 사람이 없을 테니 여자는 이 방법밖에 없다고 판단했을 것이다. 누구라도 탐낼 세 살짜리 똑똑한 암컷 푸들 세미를 업어가려면 눈먼 아이도 별책부록으로 데려가도록 해야 한다고.

　'세미 한 마리만은 못 보낸다'고 거듭 말하는 것으로 보아, 남동생의 아토피 때문이라기보다 노부모가 눈먼 강아지를 보살피기 버거워서 내린 결론이 아닐까 하는 생각을 잠깐 했다. 아롱이를 선뜻 데려갈 사람이 없으니 '세미 끼워 보내기'라는 고육지책을 썼을 텐데 끝내 임자를 못 만나면 결국 이 눈먼 아이는 버림받게 되는 것은 아닐까.

　세미의 특급 애교보다 아롱이에 대한 특급 연민이 오히려 내 마음을 흔들어놓고 있었다. 네 살배기 백내장 환자 눈먼 강아지 아롱이는 그렇게 내게로 왔다. 그렇게 와서 바람이가

되었다. 나의 바람이가 되어 몇 해 후 잡지『교육과 문예』창
간호에 실리게 된 시「바람이」의 뮤즈가 되어주었다. 그리고
어여쁜 세미는 바람이를 일부종사하고 살면서 새끼를 낳아
세상에서 제일 귀여운 강아지 '별이'를 나에게 안겨주었다.
파란만장하게 전개될 우리의 첫 만남이었다.

입주식

아무래도 이별이 쉽지 않았던지 여자는 자기 차로 우리 집에 데려다주겠다고 했다. 그 무렵 나는 단양에서만 내 차를 사용하고 있어서, 단양역 광장에 세워놓고 왔다. 강아지들과 택시를 타고 가려 했는데 잘되었다고 생각했다. 처음 봤는데도 덥석 나에게 안긴 세미와 달리 아롱이는 제 주인 품만 파고들었기에 어떻게 매정하게 떼어내서 데려가나 걱정하던 참이기도 했다. 그 여자도 아이들이 새로 살게 될 집이 어떠한지 보고 싶었을 것이다.

그녀의 차에 오르니 세미가 벌써 운전석에 앉은 여자의 무릎을 차지하고 앉는다. 많이 해본 솜씨인 듯 세미는 아주 편

안한 자세로 핸들과 여자 사이에 끼어 있었고, 여자 역시 전
혀 불편해하지 않고 능숙하게 차를 몰았다. 그저 아롱이만 내
품에 안겨 낑낑댔다.

"이제 정말로 마음이 놓이네요. 불쌍한 우리 아롱이 잘 부
탁드려요. 저희 집에서 상암동까지는 가까우니까 가끔 애들
보러 와도 되죠?"

우리 집을 둘러보면서 여자가 웃으면서 말했다.

차를 마시며 이런저런 이야기를 나누던 여자가 드디어 돌아
실 시간이 너끼있다. 아이들이 추위한다며 바쁘다고 가오지 못하
게 한 그녀가 얼른 현관문을 열고 나간 뒤였다. 아롱이가 보이
지 않는 눈으로 처음 와본 낯선 집의 현관을 더듬더듬, 엉금엉
금 찾아가더니 거기 주저앉은 채 서럽게 울기 시작했다. 조금
전 제 주인이 나간 문 앞에서 오직 문만 바라보며 한없이 우는
눈먼 강아지.

그에 비하면 세미는 어떠했던가. 조금 전까지 여자의 무릎에
앉아 있었던 세미는 그녀가 나가자 일 초의 망설임도 없이 바
로 내 무릎으로 옮겨 앉았다. 모든 상황을 단번에 간파한 듯한
그 민첩한 동작과 반짝이는 까만 눈은 '이제 내 집은 여기이고
이 여자가 새 주인이야'라고 말하는 듯했다.

어쩜 둘의 성격이 이리도 다를까. 하나는 얄미울 정도로 영리한 반면 다른 하나는 처절할 정도로 순정적이다. 나는 절대 세미처럼은 못 되니 아무래도 '아롱이과'인데, 아롱이는 '동지'인 내가 아무리 어르고 달래도 한사코 내 품을 빠져나가 차디찬 현관 바닥에서 "우-우-우-우" 목 놓아 울기만 했다. 짖는 것이 아니라 우는 강아지를 나는 그때 처음 보았다.

우는 아이를 달래려 한 시간 넘게 품에 안고 이리저리 다니며 갖은 애를 쓰고 있는데 휴대전화가 울렸다.

"아롱이 계속 울지요? 실은 제가 엘리베이터 앞에서 삼십 분 동안 서 있었어요."

순간 가슴이 철렁 내려앉았다. 아롱이 울음소리에 무너진 그녀가 다시 데리고 가겠다며 불쑥 들어서면 어쩌나 하는 생각이 순간적으로 뇌리를 스치고 지나갔다.

"아롱이 울음소리가 계속 들려서 발걸음이 떨어지지 않더라고요. 그 아이는 여기서도 많이 울었어요. 우리 아이들 잘 부탁드립니다."

사정이야 어떠하든 몇 년 동안 정성껏 키우던 강아지를 다른 사람 품에 보내는 그 심정은 어떠할까. 불쌍한 눈먼 아이를 떼어놓고 돌아서는 발걸음을 그놈의 울음소리가 붙잡아버렸으니 더욱 가슴 아팠을 것이다.

'걱정 마세요. 내가 잘 돌볼게요. 이 가여운 놈 우리 집에 보낸 거, 절대 후회 안 하도록 잘 키울게요.'

이러한 마음의 메시지를 그녀에게 보내며 측은한 아롱이 녀석을 달랠 양으로 첫날만 안방에서 데리고 자기로 했다. 거실 소파 옆에 예쁜 강아지집을 마련해두었지만 저렇게 우는 놈을 낯선 집 거실에서 따로 재우면 밤새도록 더 울어댈 것 같았다.

그러나 첫날의 이 따비고요 걱정이 그리 큰 실수였다. 아이들은 그 이후로 절대 거실에서 자려 하지 않았다. 거실에서 종일 놀다가도 밤이 되면 당연히 그래야 하는 것처럼 총총거리며 의기양양하게 안방으로 들어와 침대 발치에 떠억 자리 잡고 누웠다. 항상 세미가 앞장섰고, 아롱이는 그 뒤를 따라 들어왔다.

'그래, 지금은 겨울이잖아. 추우니까 여기서 재우자. 봄이 되면 거실로 내보내야지.'

강아지를 키워본 이들은 이 대목에서 피식 웃을 것이다. 이미 나의 완벽한 패배가 그들 눈에 보일 것이기에.

따뜻한 봄이 왔습니다. 우리 집 강아지들은 거실로 나가서

'그래, 지금은 겨울이잖아.
추우니까 여기서 재우자.
봄이 되면 거실로 내보내야지.'

자게 되었을까요? 이제 그 아이들은 침대 발치가 아니라 침대 위로 올라오겠다고 밤마다 침대를 낑낑, 캉캉, 박박 긁어대며 시위를 벌이는 중입니다. 그리고 나는 마침내 시위대에게 항복하고 맙니다.

바람처럼 살게 될 바람아

대체로 이름이란 당사자의 이미지와 맞아떨어지게 마련이다. 사람도 그렇고 동물도 그러하다. 그런데 '아롱이'라는 이름은 한없이 밝고 철없이 귀엽기만 했다. 너무 흔하기도 했다. 저렇게 버거운 운명을 짊어지고 살아가야 하는 강아지에게는 좀더 비장미 넘치는 다른 이름이 있어야 했다.

나는 새 이름을 지어주기로 결심했다. 하지만 이미 4년 동안 줄곧 들어온 이름이 있으니 어감이 전혀 다른 생뚱맞은 이름을 지어줄 수는 없었다. 여러 날 궁리한 끝에 '아롱이'와 어감도 비슷하고, '넌 눈이 멀어 마음대로 못 다니지만 마음만은 바람처럼 어디든 날아다녀라'라는 심오한 뜻을 담아 새 이름을 '바람이'로 짓기로 했다.

처음엔 '아롱아, 아롱아' 부르다가 두 번에 한 번씩 '아롱아, 아롱아, 바람아, 아롱아'로 부르니 이 아이는 헷갈리는 듯 묘한 표정을 지으며 고개를 갸우뚱하기까지 했다. 그 모습이 엄청 귀여워서 나는 그 녀석을 품에 안고서 '아롱아, 바람아, 바람아, 아롱아' 하고 노래를 불렀다. 몇 날 며칠을 그랬더니 영리한 녀석은 드디어 새 이름을 입력한 듯 또는 자기도 그 이름이 마음에 들어 바꾸기로 결심한 듯 '바람아'라고만 불러도 고개를 반짝 들고 나를 보았다.

"바람아, 네 이름이 바람이야?"

나는 기뻐 어쩔 줄 몰라 손뼉까지 짝짝 치며 맛있는 간식을 상으로 듬뿍 주었다.

내친김에 '세미'의 이름도 발음은 그대로 두고 표기만 '샘이'로 바꾸기로 했다. 예전에 달마시안 강아지 이름을 '루루'로 지은 적이 있기는 했지만 명색이 국어 선생인데 자기 강아지 이름을 외국어로 짓는 것은 격에 맞지 않는 것 같았기 때문이다. 또 윤동주의 시집 『하늘과 바람과 별과 시』를 본떠서 우리 강아지들의 이름을 쪼르르 그렇게 지어 부르고 싶은 이유도 있었다. 앞으로 샘이 새끼도 태어날 테니까. 그런데 '하늘아, 바람아'까지는 괜찮은데 '시야'라고 부르는 건 좀 어색해서 '시의 샘'이라는 뜻으로 '세미'라는 이름을 '샘이'로 바꾸었다. 언젠가 예방접종하러 동물병원에 가서 진료란에 '이름: 샘이, 바람이'라고 적자 간호사가 "강아지 이름이 정말 예쁘네요"라고 감탄한 적도 있다.

빛나는 새 이름으로 바꿨겠다, 명실상부 새 가족이 된 우리 셋은 날마다 가까운 난지천 공원으로 산책을 나갔다. 마침 겨울방학인 2월이라 볕 좋은 한낮에 공원에 갈 수 있었는데 거기에는 다른 뜻도 숨어 있었다.

사실 우리 집에 온 첫날 서럽게 울었던 바람이는 그 이후 목소리를 낸 적이 없었다. 바람이가 짖기까지, 그러니까 다른 개들처럼 '짖는다'는 행위를 하기까지는 거의 일 년이 걸렸다. 일 년 동안 그 아이는 그저 식탁 밑에 앉아 있기만 했다. 낯선 집 여기저기를 돌아다니다가 매번 부딪혀서 그랬을까. 바람이는 초점 잃은 까만 눈동자로 늘 허공을 바라보며 멍한 표정으로 식탁 밑 구석자리를 떠나지 않았다. 그 아이의 이런 모습은 내 가슴을 후벼팠다.

샘이와 바람이를 데려오면서 책과 인터넷으로 '푸들'에 대해 공부를 많이 했는데 푸들의 특징 중 하나가 '헛짖음이 잦

'넌 눈이 멀어 마음대로 못 다니지만

ㅂ음ㅂ은 비김처럼

어디든 날아다녀라.'

다'고 나올 만큼 잘 짖는다는 것을 알았기에 바람이의 침묵이 더욱 마음 아팠다. 반면 샘이는 초인종 소리가 나면 방정맞을 정도로 캉캉 짖으며 달려 나갔다. 심지어 너무 급하게 뛰어가다 보니 슬라이딩 하듯이 현관 앞으로 미끄러져갈 정도로 오두방정 날뛰는 것이었다. 이러한 샘이와 너무나 대조적으로 정물화처럼 앉아 있기만 하던 바람이.

그래도 나는 식탁 밑의 은둔자를 포기할 수 없었다. 우선 날마다 산책을 거르지 않았다. 바람이를 밖에 데리고 나가 다른 강아지와 인사하며 냄새를 맡을 수 있게 했고 신선한 공기를 느낄 수 있도록 날마다 운동을 거르지 않았다. 이렇게 꾸준히 노력하다 보면 바람이가 치유될 수 있으리라는 희망을 거두지 않았다.

어느 날 어머니가 걱정스럽게 말씀하셨다.

"넌 하고많은 강아지 중에서 하필 눈먼 애를 데려왔어? 네 몸도 힘들겠지만 얼마나 또 마음 짠하려고…"

그럴 때마다 나는 큰소리쳤다.

"이 가여운 애가 나한테 온 것도 인연이고 무슨 뜻이 있어서겠지. 이왕 키우게 된 거 누구보다 행복한 아이로 키울 거야!"

이 말은 아마 감수할 것이 많을 나 스스로에게 하는 다짐이었을 것이다.

그런데 이상하게도 바람이는 목줄에 대한 트라우마가 있는지, 목줄을 채우면 한사코 버티며 따라오려 하지 않았다. 한 번은 월드컵 공원 내 평화의 공원 분수가를 산책할 때 목줄을 안 맸다고 쫓겨날까봐 바람이의 목줄을 질질 끌고 다녔다. 그런데 집에 와서 살펴보니 바람이 발바닥에 상처가 나서 피가 흐르고 있었다. 아픔을 참으며 낑, 소리 한 번 내지 않은 바람이가 얼마나 안쓰럽던지! 그 뒤로는 샘이에게만 목줄을 채우고, 바람이는 누가 목줄 운운하면 얼른 주워들 수 있게 목줄을 바닥에 길게 늘여뜨려 놓고 산책을 했다.

그런데 목줄을 하지 않으니 가끔씩 바람이를 놓치게 되었다. 언젠가 산책길에 바람이를 잃어버렸다가 삼십 분이나 찾아 헤맨 끝에 아파트 담장과 경계를 이룬 초등학교 운동장 축대 밑에서 겨우 찾아낸 적도 있었다. 학교 담장을 따라 걷던 바람이가 밑으로 떨어진 것이다. 상당한 높이였는데도 폭신한 흙으로 덮인 화단으로 떨어져서 다행히 다친 데는 없었다. 그곳에서 삼십 분 동안 오도카니 앉아 있던 아이를 들어올리니 파르르 떨리는 작은 심장의 울림이 그대로 전해져왔다.

"바람아, 이럴 때는 짖어야 하는 거야. 내가 네 이름 부르는 거 삼십 분이나 들었잖아. 그러면 엄마, 나 여기 있어. 멍, 하고 대답해야 하는 거야. 이 바보 같은 놈아!"

이렇게 말하는데 울컥 눈물이 차올랐다.

그러나 바람이 덕분에 아침마다 웃기도 했다. 아침에 일어나 내가 "쉬"라고 하면 아이들은 화장실에 가서 소변을 본 다음 나에게 간식을 하나씩 받아먹었다. 배변에 문제없던 샘이 대신 눈이 안 보인다는 이유로 아무 데나 실례를 하던, 역시 같은 이유로 전혀 야단맞지 않았던 바람이 때문에 시작한 훈련이었다.

며칠 지나니 바람이도 아침이면 꼭 화장실에 다녀오는 기특한 모습을 보였다. 자못 흐뭇해서 칭찬도 듬뿍, 간식도 듬뿍 주며 교육의 효과를 즐기고 있었다. 그런데 어느 날 바람이 녀석이 "쉬" 소리에 총총 화장실로 걸어가더니 소변은 보지 않고 앞발 하나를 살짝 화장실 바닥에 댄 다음 다시 나에게 총총 걸어와 간식을 달라고 하는 게 아닌가!

"오호라, 바람아. 너 그런 잔머리도 쓸 줄 알아? 아이고, 똑똑해라. 우리 아가!"

그 귀여운 속임수에 넘어가주며 작은 강아지 머리를 쓰다

듣어주던 아침 시간의 평화와 미소.

"바람아, 사랑해. 눈이 안 보여도 넌 행복할 수 있을 거야."

나는 날마다 바람이를 품에 꼭 안고서 이 말을 하루에 열 번 이상 들려주었다.

아이가 알아듣는 듯싶으면 이런 말도 속삭여준다.

"바람아, 사랑해. 넌 눈도 멀었고 심장도 나쁘지만 다른 애들보다 더 행복할 수 있을 거야. 그런 너를 내가 더더욱 많이 사랑할 테니까."

강아지도 사람처럼 음악을 좋아하는데 강아지에게 음악은 바로 주인의 목소리이고, 강아지가 가장 좋아하는 음악은 자기 이름을 불러주는 것이란 글을 읽은 적이 있다. 바람이는 내 말을 가만히 듣고 있다가 알았다는 듯 따뜻하고 조그만 분홍색 혀로 내 팔과 얼굴을 날름날름 핥으며 답장을 보냈다.

바람이를 철학하는 강아지로 만들 의도는 전혀 없었지만 그 아이의 표정은 늘 생각에 잠긴 듯 심오해 보였다. 나는 그것이 '바람이'라는 멋진 이름 덕분이라고 믿어 의심치 않는다.

극성 엄마 샘이의 육아 일기

　까미도 그러더니, 우리 집 암놈 강아지 샘이는 연애 백 단에 내숭은 오백 단이었다. 내 앞에서는 바람이에게 쌀쌀맞게 굴고, 간식 시간이면 바람이 것까지 날름 가로채 먹었다. 그뿐만 아니라 바람이가 내 곁으로 슬슬 다가오기라도 하면 그 앞을 가로막으면서 얼씬도 못 하게 한 채 오직 자기만 안아주고 예뻐해 달라고 졸랐다. 그런데 어느 날 그 새침데기 폭군의 배가 불러오기 시작했다.

　"요 앙큼한 가시내야, 도대체 나 학교 가고 없는 낮 동안 무슨 일을 벌인 거야? 바람이랑 그렇고 그랬으면 정다운 척이라도 해야지, 왜 그리 서방님을 구박하고 야단이야?"

그러거나 말거나 '나 임산부니 건드리지 마시오'라고 뻐기면서 두 달을 보낸 샘이는 산달이 가까워오자 제 스스로 산실을 정했다. 거실 창가의 1인용 소파 밑에 헉헉거리며 들어앉았는데, 소파가 크고 높아서 그 아래가 마치 동굴처럼 안락한 느낌이었을 것이다.

예전 까미의 사례도 있었기 때문에 나는 이번에는 실수하지 않으려고 창문을 커튼으로 가려 약간 어둡게 해주고 바닥에 폭신한 방석과 쿠션을 깔아놓았다. 샘이 밥그릇과 물그릇도 바로 앞에 대령시켜 최상의 안락한 산실을 만들어주었다. 믿거나 말거나, 강아지 정서에 좋다는 모차르트 음악까지 틀어주니 까다로운 샘이도 만족하는 것 같았다. 그러나 나는 이번에도 새 생명이 탄생하는 순간을 함께하지 못했다.

2004년 6월 8일, 영국 가수 세라 브라이트먼이 올림픽 공원에서 내한 공연을 하는 날이었다. 친구와 함께 공연을 보고 밤늦게 돌아오니 그동안 샘이는 혼자 새끼를 낳고 누워 있었다. 암수 각각 한 마리씩을 낳아 품고서 정성스레 핥아대며 비스듬히 누운 채 나를 올려다보는 샘이의 표정에는 이런 의미가 담겨 있는 것 같았다.

'봐, 난 이렇게 혼자서도 잘한다고! 그런데 내가 아기 낳

는 이 중대한 순간에 대체 어딜 쏘다니다가 이렇게 늦게 온 거야?'

샘이 같은 성깔의 강아지가 말을 할 수 있었다면 충분히 그렇게 말하고도 남았을 것이다. 그 깊은 밤에 나는 허둥지둥 샘이에게 미역국 끓여 먹이랴, 고생했다고 폭풍 칭찬해주랴, 갓 태어난 새끼들 들여다보랴, 정신없이 바빴다.

그 이후 나의 크나큰 기쁨은 꼬물이들을 들여다보는 일이었다. 아직 눈도 못 뜬 어린것들은 어미의 품에서 종일 자고 또 자고, 젖 먹고, 다시 자는 것이 일과였다. 백날 들여다봐도 새근새근 잠든 모습밖에 볼 수 없었지만 아무리 봐도 질리지 않았다. 집에 오면 새끼들의 보금자리를 들여다보는 게 우선순위였고 나는 너무 신기해서 그 자리를 떠나지 못했다.

그런데 어느 날 집에 오니 새끼 강아지 한 마리가 소파에서 두어 걸음 떨어진 곳에서 꼬물거리고 있었다. 나는 깜짝 놀라 샘이에게 말했다.

"샘이야, 봤어? 네 새끼가 눈도 못 떴는데 걸음마부터 하나 봐. 이런, 이런… 아가, 아직 엄마 품에서 벗어나면 안 돼요."

나는 호들갑을 떨면서 성미 급한 그 어린것을 조심스레 안아 다시 소파 아래 보금자리로 데려다주었다. 그런데 다음 날에는 꼬물이들이 거실 한가운데서 옴찔대더니 그다음 날에는 감쪽같이 사라져 모습을 보이지 않았다. 귀신 곡할 노릇이었다.

"네 새끼 어디 갔어, 찾아야지 넌 왜 그리 태평하니?"

샘이를 향해 주절대면서 온 집 안을 뒤지며 실종된 갓난아기들을 찾아 헤맸다.

그런데 몇 시간 후에 놀랍게도 작은방 컴퓨터 책상 아래서 꼬물거리고 있는 새끼들을 발견했다. 그제야 모든 비밀이 밝혀졌다. 태어난 지 며칠 되지 않은 새끼들이 소파 밑에서 나와 거실과 주방을 가로질러 간 다음 문턱을 넘어 작은방까지 갈 수는 없었다. 시도 때도 없이 제 새끼를 들여다보고, 툭하면 안아 올려서는 '어화둥둥'을 읊조리려대는 주인이 못마땅했던 샘이가 특단의 조치를 내렸던 것이다.

샘이는 내가 학교에서 돌아오기 전에 주인 몰래 새끼들을 은신처로 옮겨놓고 자기 혼자 들락거리면서 돌보려 했던 것이다. 엊그제 몸을 풀어 아직 산후조리를 해야 할 아이가 무거운 몸을 이끌고 낑낑거리며 두 번씩이나 새끼를 물어 날랐을 모습을 떠올리니 가슴이 찡했다. 하긴 겁 많은 토끼는 새끼 낳을 때 사람들이 들여다보면 자기 새끼를 해치려는 줄 알고 겁에 질려 자신이 새끼를 물어 죽인다고도 한다. 어린 시절 우리 집에서 키우던 토끼가 임신했을 때 기대에 잔뜩 부풀어 있던 나에게 어머니가 그 얘기를 들려주셨다.

"그러니까 토끼가 새끼 낳을 때는 절대 들여다보면 안 돼."

그 말은 어미 개에게도 해당되지 않았을까.

"미안해, 샘이야. 아무리 주인이라지만 네 새끼를 자꾸 귀찮게 하니까 신경 쓰였어? 이제 꾹 참고 안 볼 테니까 마음 놓고 잘 키워."

산후조리에 힘써야 할 산모가 작은방까지 들락거리려면 얼마나 힘들까 싶어 새끼들을 다시 소파 밑으로 데려다주고 샘이를 쓰다듬으며 말했다. 약속대로 나는 궁금함을 꾹 참고 소파 근처에는 얼씬도 하지 않았다. 그제야 우리 샘이는 만족한 듯 가끔씩 세 새끼를 떼어놓고 내 곁에 와서 발랑 드러누우며 애교를 떨고 어리광을 피우며 고맙다고 한다.

푸들이 똑똑한 줄은 진작 알고 있었지만 이처럼 자주성 강하고 똑 부러지게 새끼를 키우는 샘이를 보니 강아지 지능지수가 높다는 통계가 맞긴 맞나보다.

너는 어느 별에서 태어났기에

아가들은 무럭무럭 자라서 눈을 뜨고, 꼬물꼬물 기어다니기도 하며 서서히 거실을 차지하기 시작했다. 이제 슬슬 이름을 지어줄 때가 되었다. 세라 브라이트먼의 공연날 태어났고, 내가 그 가수를 좋아하기도 하니까 한 녀석 이름은 '세라'로 지을까도 생각해보았으나 역시 외국어 이름은 내키지 않았다.

어느 날 새끼들 가운데 특히 더 작고 예쁜 사내놈을 안고 어르면서 안치환의 노래 「우리가 어느 별에서」를 흥얼거렸다.

"아가야, 너는 어느 별에서 태어나 나에게 온 거야?"

"보고 있어도
보고 싶다는 말은
바로 이런 느낌이구나."

그러다 문득 생각이 떠올랐다.

"그래, 네 이름은 별이야. 이렇게 별처럼 예쁘니까 말이야. 정식 이름 지을 때까지 애칭으로 별이라고 부르자."

그래서 암놈에게는 하늘이, 그보다 늦게 나왔는지 몸집이 더 작은 수놈에게는 별이라는 이름을 붙여주었다. 예전에 윤동주의 시집 제목으로 우리 아이들 이름을 지어주고 싶어 했던 소망을 이룬 것 같아 애칭으로 부르려던 '별이'라는 이름은 그렇게 정식 이름이 되었다.

누나인 하늘이와 남동생 별이. 이 두 녀석은 세상천지에 저희 오누이 둘만 있는 것처럼 하루 온종일 꼭 붙어살았다. 엄마 아빠의 존재 같은 건 모르는 것 같았다. 특히 별이는 젖 먹을 때 빼고는 오로지 누나만 바라보는 '누나바라기'였다. 별이는 누나가 하는 짓을 그대로 따라하며 하루 스물네 시간을 보냈다. 맛나게 젖을 빨아먹은 새끼 강아지들이 거실 한가운데서 엎치락뒤치락거리며 노는 모습처럼 귀엽고 세상 근심을 잊게 해주는 풍경이 또 있을까.

외모는 하늘이보다 별이가 훨씬 예뻤다. 별이는 눈에 띌 정도로 몸집이 작은 데다 제 엄마 아빠의 빼어난 외모 중에서도 좋은 점만 쏙 빼가지고 태어난 듯 이목구비가 오목조목 예뻤으며 체형이 가녀려서 암놈인 하늘이보다 더 여자아이 같았다. 예전에 까미도 새끼를 여러 번 낳았지만 이번처럼 애정이 철철 넘치고 마음 가는 아이들은 처음이었다. 나의 넘치는 사랑은 특히 막내둥이 별이에게로 흘러갔다. 나는 매일 그 아이를 안고 주제곡을 불렀다.

"별아, 별아, 너는 어느 별에서 태어나 이제야 나에게 온 거니?"

누나 하늘이는 '사랑은 내리사랑'이라는 사실을 이해한다는 듯 토라지는 기색도 없이 샘 끊고 욕심 많은 제 어미와 성격은 하나도 닮지 않은 것 같았다.

여름방학이 되자 하루 종일 별이와 하늘이를 볼 수 있다는 것이 나의 가장 큰 기쁨이었다. 아무 일도 하지 않고 별이와 하늘이가 노는 모습만 바라보며 하루를 보낼 때도 있었다. '보고 있어도 보고 싶다'는 말을 처음으로 실감했다.

"보고 있어도 보고 싶다는 말이 무슨 헛소린가 했는데 바로 이런 느낌이구나."

별이를 안고 그 아이를 들여다보며 나는 이렇게 소리 내어 고백하기도 했다.

견공들의 완벽한 여름휴가

　여름방학이 되어 바람이와 샘이, 어린 남매 하늘이와 별이까지 네 마리 강아지를 차에 태우고 단양집을 찾았다. 덥고 시끄러운 서울이 세상의 전부인 줄 알고 있을 우리 강아지 가족들에게 평화로운 전원생활의 기쁨을 누리게 해주고 싶었다.

　강아지도 차멀미를 한다. 예전에 까미도 단양에서 서울로 갈 때면 꼭 멀미약을 먹였다. 애견 전용 멀미약 같은 것은 본 적이 없기도 했고, 있다 해도 단양 산골에서 그런 약을 구하기는 어려워서 동물병원 의사 선생님에게 물어보니 사람 멀미약의 절반 정도만 먹이라고 일러주었다. 차멀미는커녕 뱃

멀미도 잘 안 하는 나는 평생 처음 멀미약이라는 것을 사서 까미에게 먹이곤 했다. 순한 까미는 약 먹이기도 쉬웠는데 이 까칠 대마왕 푸들 네 마리에게 액체 멀미약 먹이기는 쉬운 일이 아니었다. 샘이와 바람이는 비교적 쉬웠으나 아직 생후 두 달밖에 안 된 꼬꼬마 아가들 하늘이와 별이, 특히 태어날 때부터 엄살대장이었던 별이는 무슨 사약이라도 받는 듯 돼지처럼 꽥꽥 소리를 지르며 난리법석을 떨었다. 별이는 약을 절반이나 흘리며 먹지 않으려고 기를 썼다.

"이렇게 약 안 먹으려면 너 혼자 서울에 남아서 집이나 봐."

내가 협박하자 별이는 그제야 좀 알아들었는지, 아니면 자기도 지쳤는지 겨우 한 모금을 억지로 넘겼다.

이렇게 만반의 준비를 갖추고 출발했지만 단양까지는 너무 먼 거리였을까, 멀미약이 불량이었을까. 우리 아이들은 자동차 뒷좌석에 깔아놓은 신문지 위에 토사물과 침을 잔뜩 흘리고 널브러져 있었다. 아이들이 바깥 공기를 마시며 자주 쉴 수 있게 해주려고 일부러 국도로 갔는데 그러다보니 예전에 까미를 태우고 그 길을 다니던 생각이 나 마음이 아려왔다. 까미와는 드라이브를 정말 많이 했다. 경치 좋은 곳에 차를 세워놓고 나는 보온병에 담아온 커피를 마시고 까미에게는 비스킷을 주면 그 아이는 그걸 다 먹지 않고 땅을 파서 한 조각을 묻었다.

"하하, 까미야, 그거 나중에 와서 꺼내 먹을 거야? 근데 너 여기가 어딘지 알아? 나중에 찾아올 수 있겠어?"

내가 그러거나 말거나 비스킷만 주면 꼭 한 조각을 아껴두었다가 땅에 묻던 까미. 지금쯤 땅속에서 그 비스킷을 하나씩 찾아먹고 있으려나?

이런저런 생각을 하다 단양에 도착했다. 풀밭, 흙길, 나무, 꽃잎이 우리를 환영해주었다. 우리 집 강아지들은 흥분해서 어쩔 줄 몰라 하며 넓은 마당을 왕복 달리기로 몇 차례나 내달리면서 온몸으로 기쁨을 표현했다. 아이들이 이렇게나 좋아하니 서울에서 조금만 가까우면 주말에 휙 다녀갈 텐데. 여기서는 짖는다고 스트레스 받을 일도 없었고, 산책 나가려고 목줄 찾고 휴지 챙기며 부산 떨 일도 없었다. 강아지들에게도 나에게도 천국이었다.

넓은 마당이 좁다는 듯 마음껏 뛰어노는 아이들을 흐뭇하게 바라보다가 개울가를 한 바퀴 돌아보려고 사립문을 나섰을 때였다. 개울 내려가는 길을 쫄래쫄래 따라오던 샘이가 갑자기 걸음을 딱 멈추더니 미친 듯이 짖기 시작했다. 돌담 너머에서 나를 향해 다가오는 누런 소를 보고 사정없이 짖어대는 것이었다. 샘이는 아마 그렇게 큰 동물을 난생처음 보았을 것이다.

샘이가 자지러질 듯 짖는데도 제 뒷다리 한쪽보다 작은 하얀 강아지 따위에게는 관심 없다는 듯 순한 소는 내가 던져주는 풀만 묵묵히 먹었다. 그러다 하도 시끄러웠는지 느릿느릿 저쪽으로 가버리고 말았다. 그러자 샘이는 돌담 위로 뛰어 올라가 담 위에서 소를 내려다보며 짖었다. 아예 소가 이 지구상에서 사라질 때까지 짖을 기세인 듯 나지막한 돌담 위를 왔다 갔다 하면서 어찌나 요란하게 짖어대는지 앞집 할머니께서 무슨 일인가 싶어 슬쩍 나와 보셨다.

그런 샘이를 참 별일이라는 듯, 그 집에 묶여 있는 누런 똥개가 물끄러미 바라보았다. 자기는 묶여 있고 샘이는 돌담 위에서 펄쩍펄쩍 뛰며 오두방정을 떠는데 샘나지도 않는지, 컹컹 짖어서 쫓아낼 만도 한데 눈만 끔벅이며 '저 서울내기, 쪼그만 놈이 시끄럽네. 귀찮게시리…'라는 눈빛으로 보고만 있었다.

이렇게 우리 강아지들은 요란하게 시골집에 입성했다. 아이들은 대장 샘이의 지휘 아래 이리저리 몰려다니면서 시골의 즐거움에 흠뻑 젖었다. 샘이는 집에 들어서는 순간부터 이

'저 서울내기,
쪼그만 놈이 시끄럽네.
귀찮게시리…'

런 작전을 짰을 게 분명했다.

'음, 마당이 넓어서 왕복 달리기하기 좋겠어. 비어 있는 저 닭장을 아지트로 써야겠군. 빈집 마당에 꽃이 많네. 저기서 씨름하다 꽃대를 넘어뜨리면 재미있겠어. 뒤뜰에 웬 새들이 저렇게 많이 와? 나야 뭐 고양이가 아니니 새들에게는 관심 없지만 그래도 한번 짖어주긴 해야겠지. 내가 대장이란 걸 알려야 하니까.'

아이들은 원래부터 시골에 살았던 강아지인 듯 완벽히 적응해 하루 종일 앞마당과 뒤뜰을 오가며 나뒹굴었다. 빈집 마당에 곱게 피어 있던 꽃범의꼬리와 보라색 비비추가 악동들의 발길질에 쓰러졌다. 아이들은 특히 비비추를 좋아했는데 보라색을 좋아하는 내 취향을 닮아서라기보다, 넓적하고 풍성한 비비추 잎사귀가 놀기 좋은 꽃방석 같았기 때문일 것이다.

그러다 아이들은 뒤뜰로 우르르 몰려가 빈집에서 오랫동안 낙엽이 쌓이고, 썩고, 다시 쌓이고, 또 썩어 마침내 검은색 흙으로 변한 감나무 아래 공터에서 작은 앞발로 땅을 파파파 박 파면서 놀았다. 흙 속에 있던 벌레들이 꿈틀대며 모습을 드러내면 이 서울내기들이 '앗, 이게 뭐야?'라며 깜짝 놀라

도망가는 모습을 보는 것은 너무나 즐거운 일이었다.

강아지들은 그렇게 하루 종일 야외활동을 하다가, 저녁이면 발에 흙을 잔뜩 묻힌 채 안으로 들어와 이번엔 집 안 구석구석에 흙 발자국을 남기며 실내 순찰을 돌았다. 예전에 까미와 살 때에도 반들반들하게 닦아놓은 마루 위를 그 아이가 한번 쓱 지나가면 모래사장의 새 발자국처럼 흙 발자국이 선명히 찍히곤 했다.

이번에는 네 마리 강아지, 열여섯 개의 작은 발이 사정없이 휘젓고 지나가니 마루는 하루 종일 닦아도 금방 흙자국으로 어지러웠다. 시골집에는 청소기가 없어 엎드려 물걸레로 마루를 닦으면서 나는 신세한탄을 했다.

"아이고, 내 팔자야. 서울서나 여기서나 너희들 뒷바라지하는 게 내 일이구나. 너네는 휴가, 나는 노동."

우리 집 개들은 어딜 가나 '개는 그 집의 왕이다'라는 어느 외국 속담을 직접 실천하는 것 같았다.

하지만 나도 그런 생활이 즐거웠다. 아이들이 행복해하고 즐거워하니 나야 더 바랄 게 없었다. 일주일 동안의 완벽한 여름휴가가 끝난 날, 강아지 부대는 일주일 내내 샘이에게 시달린 앞집 소의 친절한 배웅을 받으며 귀경길에 올랐다. 아이들은 서울 가기 싫다는 마음을 자동차 시트와 신문지 위에 토사물로 흥건히 쏟아내었고, 화려한 여름휴가는 고달픈 자동차 세차로 대단원의 막을 내렸다.

첫 이별

둘도 없는 단짝으로 지내온 하늘이와 별이가 생이별을 하
게 되었다. 유치원생인 자기 딸이 매일 강아지, 강아지 노래
를 부른다는 친한 동료 선생님에게 강아지 한 마리를 분양해
주기로 했기 때문이다.

하늘이는 젖을 떼고 한 달쯤 지난 9월에 낯선 집으로 가게
되었다. 하늘이를 보내기로 진작 정해두어서 애당초 정을 주
지 않으려 애썼는데도 우리 집에서 태어나 석 달 남짓 날마다
별이와 함께 꼼지락거리며 놀던 아이를 다른 데로 보내려니
가슴이 몹시 아팠다. 하지만 강아지를 네 마리나 키우는 것은
무리일 것 같다는 생각에 마음을 독하게 먹고 보냈다.

하늘이가 떠난 후 별이는 아주 혹독한 이별식을 치러냈다. 일주일 동안 밥도 안 먹고 놀지도 않고, 누나랑 함께 뛰어놀던 거실 한구석에 오도카니 엎드려 있기만 했다. 별이가 그렇게 슬퍼하는 모습을 보니 하늘이를 다시 데려오고 싶어질 정도였다. 생물학적 엄마와 아빠, 자신을 끔찍하게 예뻐하는 나도 곁에 있지만 별이는 오로지 떠나간 누나를 그리워하며 슬픔에 잠겨 있었다.

별이 곁을 떠난 하늘이가 새집에서 잘 지냈다면 그나마 내 마음이 좀 편했을 것이다. 하늘이의 새 주인은 처음에는 귀여워 어쩔 줄 몰라 하는 듯하더니 차츰 불길한 말을 하기 시작했다.

"선생님, 그런데 강아지가 왜 그렇게 뭘 물어뜯어요? 강아지가 왜 풀을 먹지요? 제가 베란다에서 키우는 허브를 뜯어 먹었어요. 제가 그 허브를 얼마나 애지중지 키웠는데…"

강아지가 이빨이 날 때라 근지러워 그럴 것이다, 그 시기가 지나면 물어뜯는 일은 없을 테니 조금만 참고 기다려 보라고 말해주어도 그녀가 고개를 갸우뚱거려 불안했다. 아니나 다를까 며칠 뒤 하늘이 잘 크고 있느냐, 요새는 물어뜯는 게 좀 나아졌느냐 묻자, 그녀는 이렇게 대답했다.

"아, 시골에서 과수원 하는 먼 친척집에 보냈어요. 아무래도 계속 키우기 힘들 것 같아서요."

그 앞에서는 아무 말도 하지 않았지만 온갖 생각이 내 머리를 스치고 지나갔다.

'이럴 줄 알았으면 차라리 내가 다시 데려오는 건데. 세 마리 키우나 네 마리 키우나 별 차이 있겠어? 조금만 더 힘들면 되지. 우리 별이가 하늘이 떠나고 그렇게 외로워했는데…'

나에게는 별에서 태어난 듯 귀한 아기였는데 천덕꾸러기처럼 이 집 저 집 전전하는 신세가 된 하늘이에게 미안하고 또 미안했다.

그런데 그다음 해 새로 태어난 샘이의 새끼를, 역시 강아지를 원하는 지인에게 선물로 주었다가 하늘이와 똑같은 전철을 밟게 되었다. '콩이'라는 이름의 그 귀여운 아이도 몇 달 동안 지인의 집에서 잘 지낸다고 전해들었는데 그 지인은 나중에 이렇게 말했다.

"시골에서 과수원 하는 친척집으로 보냈어요. 너무 짖어서 아파트에서 계속 키우기 힘들 것 같더라고요."

나는 그 경험을 통해 교훈을 하나 얻었다. 예로부터 어른들이 "개는 남의 집에 공짜로 주는 게 아니다. 공짜로 얻으면 귀한 줄 모르고 여기저기 굴리게 된다"고 하신 말씀이다.

그리고 또 하나 마음속에서 계속 고개를 내미는, 정말로 이유 있는 의구심.

'그런데 왜 개를 계속 못 키우는 사람들에게는 과수원 하는 시골 친척이 느닷없이 등장하는 거지?'

어디 짖을 건수 없나

젖을 떼고 걸음마를 거쳐 뜀박질까지 두루 학습한 별이에게 강아지로서 남은 과제는 딱 하나, 짖는 일이었다. 어미의 미모뿐 아니라 총기도 고스란히 물려받아 학습 능력이 뛰어난 별이는 '짖음'에 있어서도 탁월한 실력을 발휘하기 시작했다.

별이는 하루 종일 짖었다. 기척이 난다거나 누가 온다는 등 정당한 이유가 있어서 짖는 샘이와는 달랐다. 그 아이는 이유 없이 그냥 짖었다. 짖는 것을 연습하듯이, 즐기듯이, 과시하듯이. 아니, 짖는다는 행위가 자기의 막중한 임무며 존재 이유인 듯이 짖어댔다.

이 아파트에 처음 들어올 때 '강아지를 키우려면 같은 층 입주자들의 동의서를 받아야 한다. 70퍼센트 이상 동의하지 않으면 키우지 못한다'는 고지가 있었다. 나는 덜컥 겁이 나서 케이크를 사들고 이웃집을 일일이 방문해 꾸벅꾸벅 절하며 동의서에 서명을 받았다. 그러면서 '아파트에서 강아지를 키우는 데 필요한 법률적 지식'에 관해 열심히 공부하기 시작했다.

그 결과 공동주택 반려견 문제는 건설교통부 주거환경과가 담당한다는 사실을 알게 되었다. 또 주택법 시행령 제57조 제4항에 '가축을 사육하거나 방송시설 등을 사용함으로써 공동 주거생활에 피해를 끼치는 행위는 관리 주체의 동의를 얻는다'라는 내용이 명시되어 있다는 것도 알게 되었다. 그리고 한국애견협회 누리집을 통해 '그 동의 기준은 애완견 등 가축을 기르는 세대 전체가 대상이 되는 것이 아니라 실질적으로 피해—배설물을 공용장소에 방치하는 경우 등—를 끼치는 경우를 말하는 것이므로 이웃 세대에 피해를 끼치지 않는 애완견 등 가축을 기르는 행위 자체는 동의가 필요 없는 것'이라는 사실도 알았다. 나는 곧바로 이런 내용을 담은 의견서를 작성해 관리사무소에 제출했다. 그리고 얼마 후 아파트 게시판에 애완견을 키우는 데 '동의서가 필요하지 않다'는 공고문이 붙었다.

며칠 동안 숨 가쁘게 일을 진행하고 나서 한숨 돌리긴 했지만 우선 나부터 주의하는 것이 먼저라는 생각이 들었다. 공동주택에서 애완견이 짖는 소리는 이웃 간의 분쟁의 불씨가 될 수 있을 테니까.

이 판국에 잘 짖는 샘이에 이어 이제는 혈기왕성한 별이까지 가세해 짖어대기 시작했으니 아이들이 짖는 소리에 긴장할 수밖에 없었다.

"이러다 우리 쫓겨나. 제발 짖지 마."

이렇게 사정하면 그래도 샘이는 말귀를 알아듣고 짖는 걸 멈췄는데 눈치 없는 어린 별이는 막무가내, 속수무책이었다. 현관 밖에서 조그만 소리라도 나면 그쪽을 향해 그 작디작은 머리를 획 돌리며 캉캉 짖음 모드로 들어갔고, TV에서 큰 소리만 나도 짖었다. 별이는 '어디 짖을 건수 없나'를 늘상 궁리하며 하루의 대부분을 보내는 강아지 같았다.

나는 책자나 인터넷에 소개된 온갖 방법으로 별이를 교육하기 시작했다.

'신문지를 돌돌 말아 짖을 때마다 주둥이를 톡톡 때린다.'

'레몬즙 희석한 물을 짖을 때마다 강아지에게 분사한다.'

이런 방법을 써봤지만 효과가 없었다. 나는 궁리와 고민 끝에 인터넷을 뒤져 일본제 짖음 방지기를 거금 오만 원이나 주고 샀다. 두꺼운 비닐로 된 목줄 아래쪽에 강아지가 짖을 때 목젖이 울리면 전기가 통하는 장치가 달려 있었다. 그래서 짖는 것을 방지한다는 물건이었다.

'아니, 어떻게 그런 생각을 할 수 있지? 저러면서 감히 강아지 주인이라 할 수 있어? 야만적이네, 잔인하네.'

다른 사람이 그런 것을 샀다면 질색했을 바로 그 물건을 내가 산 것이다. 생후 반년밖에 되지 않은 어린 강아지가 짖는다는 이유로.

어쨌든 문제의 물건이 택배로 도착됐다. 나는 아무것도 모르고 촐랑대며 내 곁에 온 별이를 무릎에 앉히고 조금은 비통한 심정으로 어린 강아지의 목에 짖음 방지기를 채워주었다. 그런데 아무리 짧게 조여도 방지기가 헐거워 별이의 목에서 뱅뱅 돌았다. 우리 별이의 목은 가는데 방지기는 중형견 신체에 맞도록 설계되었는지 너무나 컸다. 강아지 목에 딱 조여져서 아이가 짖어 목울대가 울릴 때마다 그 부위에 전기가 통해야 하는데 목에 가닿지도 않으니 전기고 나발이고 통할 수가 없는 것이다. 완벽한 기계치인 내 재주로는 그 물건을 어떻게 더 해볼 수가 없어 만지작거리다가 휙 던져버리고 말았다.

"잘됐지 뭐야? 캉 하고 짖었는데 갑자기 목에 찌르르 전기가 통하면 우리 별이가 얼마나 놀라겠어? 이 무지막지한 걸 이렇게 가늘고 말랑말랑한 목에 채워주려 했었다니, 내가 미쳤지."

결국 오만 원짜리 일제 짖음 방지기는 택배를 받은 그날 서랍 속으로 들어가 영영 세상 구경을 못 하게 되었다. 그러나 나는 이런저런 고민 끝에 다른 방법, 더욱 야만적인 방법을 궁리하기 시작했다.

'내가 오죽하면 이러겠어요? 세 마리 키우기도 버거운데 별이가 짖어도 니가 깃잖이요. 우리 이페프는 갱시기 키우는 문제에 엄청 까칠한데 민원이 들어와서 이 아이들을 못 키우게 될까봐 그것도 걱정이고요. 다른 집처럼 가족 가운데 누군가가 군기반장 역할을 맡아 아이들 버릇을 가르칠 수 있다면 그나마 나을 텐데 우리 집은 나 혼자 교육시키랴, 사랑해주랴, 여러 역할을 하려니 아이들 예절 교육은 자신 없어요.'

나는 마음속으로 이렇게 구시렁거리면서 스스로를 합리화하며 별이만 데리고 동물병원을 찾아갔다. 내 말을 들은 의사 선생님은 조금 놀란 것 같았다. 그리고 한참 후에 조심스레 입을 열었다.

"어머님, 굳이 해달라고 하시면 수술을 해드릴 수는 있어요.

"이러다 우리 쫓겨나.

제발

짖지 마."

하지만 다시 한번 생각해보세요. 성대 제거 수술을 한 보호자 분들은 백 프로 후회하고 다시 오십니다. 수술을 하고 나면 아이들이 아예 소리를 내지 못하는 것이 아니라 '헉, 헉' 이렇게 바람 새는 소리를 낸단 말이에요. 개가 안 짖는 것이 아니라 짖는 건 여전한데 멍멍 짖는 소리 대신 '헉, 헉' 소리가 나니 이게 더 듣기 괴로운 거죠. 그 소리를 들을 때마다 스트레스 받고 죄책감에 시달리다가 보호자 분들이 백 프로 병원에 다시 오셔서 우리 강아지 다시 짖게 해달라고 하세요. 그런데 문제는 성대 제거 수술은 가능한데 그걸 복원시키는 수술은 불가능하다는 거예요. 지금 수술하면 별이는 영원히 목소리를 되찾을 수가 없어요. 저야 수술하고 수술비만 받으면 그만이지만 별이와 보호자 분을 위해서 진심으로 말리고 싶습니다."

나는 그때 참 좋은 의사 선생님을 만났다. 그는 우리 바람이의 주치의면서 별이의 은인이기도 했다. 후에 그는 공부를 더하고 싶다며 외국으로 떠났지만 나는 아직도 성산동 '와우 동물병원'의 인정 많은 그 젊은 의사 선생님에게 감사해하며 살고 있다. 병원을 나오고 나서야 나는 제정신을 차린 듯 영문도 모르고 저 혼자 엄마를 차지했다며 좋아하는 어린 별이를 힘껏 안아주었다.

이 일이 있고 나서 한참 뒤 EBS에서 「세상에 나쁜 개는 없다」라는 프로그램을 진행하는 강형욱 훈련사가 쓴 『당신은 개를 키우면 안 된다』는 책을 읽으며 '퍼피 라이선스'Puppy License라는 단어를 접하게 되었다. 이 단어를 통해 강아지에 대해 알게 되면서 이때의 일이 떠올라 나 자신이 부끄러웠다. '퍼피 라이선스'는 생후 4개월에서 5개월 사이의 강아지가 어떤 실수를 하든 혼내지 말자는 취지로 유럽의 유명한 훈련사 투리드 루가스Turid Rugaas가 만든 말이라고 한다.

별이가 그토록 짖어댔던 건 어쩌면 말을 배우던 시기의 일종의 퍼피 라이선스 아니었을까. 그런데 짖음 방지기 목줄에, 급기야 성대 제거 수술까지 시키려 했다니… 나는 참 부족한 주인이었구나 하는 미안함과 자책감에 얼굴이 화끈거렸다. 그래도 우리 착한 별이는, 열세 살 할아버지가 되어 이제는 하루 종일 짖는 일 한 번 없이 내내 잠만 자는 별이는 자다 말고 갑자기 내 얼굴을 쓰윽 핥아주면서 이렇게 말하는 것 같다.

'괜찮아, 엄마. 그러니 사람은 평생 배우며 사는 거지.'

공원은 좋지만 백일장은 피곤해

오랜 고민 끝에 바람이에게 백내장 수술을 시켜주기 위해 동물병원을 찾아갔다. 수술비 삼백만 원이 큰돈이긴 하지만 바람이가 이제 겨우 네 살이니 앞으로 십 년 동안은 빛을 보며 살아갔으면 하는 마음이었다. 동물병원을 몇 군데 다녀본 후 결정한 우리 아이들의 단골 병원이었다. 하지만 피 검사를 비롯해 여러 복잡한 검사를 마친 의사 선생님은 비관적인 결론을 내렸다.

"바람이는 심장이 약해 마취를 견딜 수 없으니 수술할 수 없습니다."

세상에, 앞도 보지 못하는 아이가 심장까지 약하다니… 그 엄청난 말에 바람이가 너무나 가여워 나는 그만 울음을 터뜨리고 말았다. 영문을 모르고 그저 내 곁에 오도카니 앉아 있는 그 조그만 녀석의 몸뚱이 위로 내 굵은 눈물이 뚝뚝 떨어졌다. 젊은 의사 선생님은 바람이가 심장이 약하고 백내장에 걸린 것이 마치 자기 탓이라도 되는 듯 어쩔 줄 몰라 하며 나를 위로해주면서 비싼 검사비도 받지 않았다. 그 젊은 의사 선생님이 바로 우리 바람이의 수호천사 1호다.

내가 서연중학교로 근무지를 옮긴 첫해, 3학년 담임을 맡게 되었다. 4월의 어느 봄날, 백일장과 사생대회가 열린 월드컵 공원 잔디밭 한구석에서 갑자기 환호성이 터졌다. 작고 하얀 푸들 두 마리가 등장했기 때문이다. 그것도 저희 담임 선생님 손에 이끌려서 말이다. 꽃단장을 하고 엄마와 함께 공원 나들이에 나선 바람이와 샘이는 그날 하루 중학생들의 스타였다.

중학생 아이들은 이 예쁜 강아지들을 서로 안아보겠다며 야단법석을 떨었다. 그뿐만 아니라 목줄 한 번만 잡아보자, 이 과자를 줘도 되느냐, 강아지들과 사진을 찍겠다, 산책을 하겠다며 학생들이 나서는 통에 바람이와 샘이는 몇 시간이나 엄마 품을 떠나 낯선 언니(누나)들 손에 이끌려 공원을 몇 바퀴나 돌았다. 아마 일주일치 운동을 그날 한나절에 다 하고도 남았을 것이다. 녹초가 된 두 녀석은 집에 오자마자 곯아떨어졌다.

'엄마, 공원은 좋지만 백일장은 피곤해.'

이 녀석들은 이렇게 잠꼬대를 하는 것 같았다.

그런데 나중에 백일장 심사를 하다가 깜짝 놀랐다. 우리 반 남학생 가운데 비록 성적은 좋지 않지만 늘 웃는 얼굴에 마음씨 고운 남준이가 '바람이'에 관한 시를 쓴 것이다. 그날 백일장 주제 가운데 '강아지'나 '반려견' 또는 '애완동물' 같은 주제는 있지도 않았다. 당연히 주어진 주제로 시를 써야 하는 학교 백일장이었다.

그러나 남준이에게 그런 규칙 따위는 문제가 아니었다. 이 마음씨 고운 소년은 백일장 주제와는 아무 상관없는 '눈멀어 불쌍한 바람이, 나중에 천국에서는 꼭 두 눈 밝게 태어나렴'이라는 내용의 시를 원고지에 또박또박 써서 제출한 것이다. 다른 아이들이 바람이 데리고 사진을 찍네, 산책을 하네 부산한 동안 옆에서 조용히 바람이를 쓰다듬던 그 아이는 눈먼 강아지를 향한 안쓰러운 마음을 시에 담았다. 영혼이 맑은 순수한 소년의 시는 그래서 더욱 감동적이었고, 나는 그날의 어린 시인 남준이를 우리 바람이의 수호천사 2호라 부르기로 했다.

바람이는 순하고 엄살 같은 건 피우지 않아 병원에 그리 많이 다녔어도 차량 문제만 빼면 데리고 다니는 데 별 어려움이 없었다. 반면에 막내 별이는 주삿바늘이 채 들어가기도 전에 벌써 깨갱거리는가 하면, 병원 가는 날 엘리베이터 앞에서 버둥대면서 안 타려고 버티는 걸 보면 신기할 따름이었다. 밖에 나가는 것을 엄청 좋아해 엘리베이터 앞에만 가도 흥분을 주체하지 못해 작은 몸뚱이를 앞으로 들이밀면서 빨리 가자고 와왁대던 아이가 병원 가는 걸 어떻게 알고 뒤로 물러서며 안 타려고 애쓰는지 참 신기했다. "별이야, 병원가자"라고 한 것도 아닌데, 저 아이는 내 속마음을 읽어내는 독심술이라도 익힌 걸까.

별이는 우리 집에서 태어나 제 부모형제에게 둘러싸여 귀여움 받으며 자란 덕에 밝고 철없는 응석받이였다. 게다가 엄마 아빠의 출중한 외모를 물려받아 이목구비가 예뻐서 사람들에게 사랑을 많이 받았다. 다만 초등학생인 조카 현정이만은 예외였다.

"큰이모, 물론 별이가 예쁘긴 하지만 전 바람이가 더 좋아

요. 가엾잖아요. 그러니까 바람이를 더 예뻐해줘야 할 것 같
아요."

어려서부터 생각이 깊고 의젓했던 현정이는 이런 놀라운
말로 나를 기쁘게 했고 우리 집에 전화할 때마다 늘 바람이
얘기를 빼놓지 않았다.

"바람이는요? 바람이는 지금 뭐하고 있어요? 바람이 보고
싶어요."

언젠가 부모님은 물론 남동생들과 여동생 가족까지 전부
우리 집에 와서 월드컵 공원으로 소풍을 간 적이 있다. 조카
들까지 대부대를 이룬 행렬에 바람이와 별이도 합류했다. 난
지천 공원 잔디밭에서 도시락을 먹고 난 후 돗자리에서 이야
기꽃을 피우며 쉬고 있을 때였다. 조카들이 내게 다가오더니
강아지들을 산책시키고 싶다고 졸랐다.

"여긴 공원이니까 절대 목줄 놓치면 안 돼. 오늘은 복잡하
고 사람이 많아서 여기서 강아지 잃어버리면 찾지도 못해. 현
정이 네가 책임지고 바람이 챙겨줘."

나는 아이들에게 이렇게 당부하면서 현정이에게는 바람이
를, 다른 조카에게는 별이를 맡겼다.

한참이 지났는데도 아이들이 돌아오지 않아 걱정이 되어

슬그머니 공원 위쪽 놀이터로 가보았다. 아이들은 거기 있었다. 그런데 강아지와 놀고 싶다면서 나에게 왔던 조카들 곁에 바람이와 별이는 보이지 않았다. 모두들 강아지 대신 시소, 그네, 미끄럼틀에 매달려 있었고 현정이 혼자 강아지 두 마리를 떠맡아 애쓰고 있었다. 초등학교 5학년 여자아이가 강아지 두 마리를 한꺼번에 안고 가족이 있는 곳으로 돌아오기는 버거웠을 것이다. 예쁜 얼굴을 잔뜩 찌푸리고 낑낑거리고 있는 현정이에게 달려가 바람이와 별이를 건네 받은 뒤 등을 토닥여주었다.

"현정아, 너도 놀이터에서 놀다 와. 고생했어."

나는 돗자리로 돌아와 그 아이 엄마인 여동생에게 말했다.

"현정이는 책임감이 정말 강한 것 같아. 다른 애들은 놀이터에서 놀기 바쁜데 혼자 강아지 두 마리를 끝까지 챙기더라니까. 현정이가 신경 쓰지 않았다면 이 복잡하고 넓은 공원에서 바람이를 잃어버렸을지도 몰라. 너 딸 하난 잘 키웠다!"

그날 바람이와 별이의 수호천사는 예쁜 조카 오현정 양이었다.

어머니 집에 가서 살게 된 샘이에게는 아주 어린 수호천사가 있었다. 바로 막내 남동생의 딸 채원이었다. 동생은 일요

일마다 부모님을 교회에 모시고 다녔는데 네 살배기 채원이에게는 교회에서 돌아오는 길에 들르는 할머니 댁에서 일주일에 한 번씩 만나는 하얀 강아지와 놀다 가는 게 큰 즐거움이었다. 처음에 강아지에게 관심을 보이다가 금방 흥미를 잃는 그 나이 또래의 어린아이들과 달리 채원이는 샘이가 여동생 집으로 갈 때까지 몇 년 동안이나 변함없이 샘이를 사랑해 주었다. 어린아이의 심성이 어찌 그리 변덕 없이 한결같을 수 있는지 놀랍고 기특했다.

채원이에게 할머니 댁은 '샘이네 집'이었고 자기는 '샘이 언니'였다.

"샘이 간식 떨어졌어. 샘이 간식 사야 돼."

동생네가 장을 볼 때 채원이 입에서 이런 말이 떨어지면 세상 없어도 강아지 간식을 사야 한다고 동생이 말했을 때, 나는 흐뭇하게 미소 지었다. 그동안 내가 샘이 간식을 사서 어머니 집에 보냈는데 '채원이'라는 수호천사가 등장한 후로는 어린 조카 덕분에 그 수고를 덜게 되었다. 채원이 엄마는 결혼하던 당시에만 해도 무서워서 강아지를 만지지도 못했는데 어느새 샘이를 쓰다듬게 된 것은 물론 빗질까지 해주게 되었다.

지금도 내 휴대전화에는 채원이가 샘이 머리를 정성껏 빗겨주는 예쁜 사진이 들어 있다. 어린 조카의 유년 시절 기억의 창고에는 자기가 아낌없이 사랑을 쏟고 돌보아준 작은 하얀색 강아지 한 마리가 늙지도, 죽지도 않은 채 사랑스럽고 예쁜 모습으로 늘 살아 있지 않을까.

도도한 여왕 샘이

일본의 작가 나카노 히로미가 쓰고, 동물 사진작가로 유명한 두 명의 사진작가가 함께 작업했다는 『강아지도감』을 『고양이도감』과 함께 학교 도서관에 들여놓았다. 아이들은 이 책이 너무 재미있다며 서로 보겠다고 야단이어서 나중에 다섯 권을 추가로 주문했다. 사진을 찍는 데 8년이 걸렸다는 『강아지도감』을 나도 입시 공부하듯이 읽고 또 읽었다. 그중에 '푸들'에 대한 해설에서 흥미로운 내용이 눈에 띄었다.

'푸들: 거드름을 피우는 듯한 분위기의 개.'

우리 집 푸들, 그중에서도 샘이에게 꼭 맞는 말이었다. 샘이는 딱 여왕 같았다. 머리가 좋고 똑똑하며 우아한 외모의 품종으로 태어나기도 했지만 본인 스스로 여왕임을 인지하고 그에 걸맞는 행동을 하려고 늘 애쓰는 것 같았다. 자존심도 얼마나 강한지 맛있는 음식 냄새가 진동해도 다른 애들처럼 달려들거나 보채는 법이 없었다. 바람이는 칭얼거리면서 내 발치에서 낑낑대고, 별이는 식탁 위로 팔딱팔딱 뛰어오르면서 빨리 달라고 캉캉대며 보채는데 샘이는 결코 짖거나 칭얼대는 법 없이 멀리 떨어져서 나를 쏘아보기만 했다.

샘이는 주의를 흐트러뜨리지 않고 나의 몸짓과 손짓을 뚫어져라 쳐다보나가 음식을 주려는 기미가 보이면 소파에서 폴짝 뛰어 내려와 미국 프로농구 선수처럼 덩크슛을 해서 다른 두 마리보다 먼저 받아먹었다. 사람마다 성격이 다른 것처럼 한 집에 사는, 심지어 부모 자식 간의 강아지들도 너무나 달라 놀라게 된다. 우리 어머니도 셋 중 샘이를 제일 예뻐하셨다. '샘이는 도도하고 여왕 같은 품위가 있다'는 것이었다.

길에서 마주치는 다른 강아지들이 아무리 덩치가 커도 절대로 기죽는 법 없이 항상 먼저 달려들며 짖어댔다. 어쩌면 3킬로그램밖에 안 되는 작은 몸집이라 오히려 겁이 나서 선수를 치는 것인지도 모른다.

언젠가 난지천 공원으로 저녁 산책을 나갔을 때였다. 그때는 별이가 태어나기 전이었다. 한 손에는 바람이를 안고, 한 손에는 샘이의 목줄을 잡고 느긋하게 걷고 있는데 한 사람이 우리를 지나치며 말했다.

"저쪽에서 말티즈 동호 회원들이 모임을 하나 봐요. 강아지가 잔뜩 모여 있어요."

"샘이야, 말티즈래. 너처럼 하얗고 예쁜 아이들이 몰려 있다니까 우리도 보러 가자."

귀여운 말티즈들을 볼 생각에 들떠 걸음을 재촉해 한참을 가니 멀리 한 무리의 사람들이 빙 둘러서 있는 모습이 보였다. 친구들과 반갑게 인사하라고 급한 마음에 샘이 목줄을 슬며시 놓았다. 그런데 둘러선 사람들 사이를 헤집고 커다란 개 한 마리가 샘이를 향해 달려왔다. 맙소사, 맬러뮤트였다. 토이 푸들 몸무게의 열 배가 되는 대형견 맬러뮤트 말이다. 내가 잘못 들은 건지, 지나가던 이가 잘못 말한 건지, 아무튼 덩치 큰 맬러뮤트가 열 마리도 넘게 공원 구석 공터에 모여 있었는데 그 아이들은 샘이를 보자마자 엄청난 관심을 보이며 쫓아다니기 시작했다.

겁에 질린 샘이는 필사적으로 달아나기 시작했다. 맬러뮤트들이 그 뒤를 쫓았다. 작은 푸들 한 마리와 커다란 맬러뮤트 여러 마리가 빙글빙글 돌면서 쫓고 쫓기는 희한한 광경. 그 모습을 보며 서 있기만 하는 맬러뮤트 주인들에게 나는 소리쳤다.

"저 개 좀 불러들여요. 줄 좀 잡아요."

그러나 공원 한구석, 사람 눈에 잘 띄지 않는 곳에서 느긋하게 대형견 맬러뮤트를 풀어놓은 동호회 회원들은 대수로운 일이 아니라는 듯 너무나 태연하게 반응했다.

"저희 개는 순해서 안 물어요."

그들은 이 말만 반복할 뿐이었다.

"그래도 우리 애가 놀랐잖아요. 샘이야, 이리 와. 괜찮아. 엄마한테 와. 저 큰 개 좀 잡으라니까요. 저러다 우리 애가 물리기라도 하면 어쩌려고 그래요?"

내가 악을 써대며 고함치자 젊은 청년이—동호 회원들 대부분이 젊은 층이었다—자기 개를 불러들였다. 나도 바닥에 쭈그리고 앉아 기다렸다가 개들이 서너 바퀴나 돌고 난 후에야 겨우 샘이의 목줄을 밟아 그 아이를 품에 안을 수 있었다. 물론 나도 맬러뮤트가 덩치만 컸지, 성품은 온순하다는 사실을 알고 있었지만 우리 집 강아지가 그 사실을 알 턱이 있나. 산처럼 큰 개들이 한 마리도 아니고 여러 마리씩이나 제 뒤를 쫓아다녔으니 이 작은 강아지가 얼마나 놀랐을까. 내 품에 안긴 샘이의 가슴에서 콩닥거리는 소리가 내 귀에까지 들릴 정도였다.

샘이를 다독이며 그곳을 빠져나오려는데 샘이가 갑자기 몸을 일으키더니 맬러뮤트 무리를 향해 캉캉캉 하고 날카롭게 짖었다. 쫓겨 다닌 것이 분하다는 듯, 이제 우리 엄마 품에 안겼으니 너네들 따위는 무섭지 않다는 듯, 이 작은 강아지는 그 큰 개들이 보이지 않을 때까지 공원이 떠나가라 앙칼지게 짖어댔다. 그 소리는 샘이의 자존심만큼이나 드높이 울려 퍼져나갔다.

봄이 오면서 우리 강아지들의 산책 반경은 좀더 넓어졌다. 어느 주말 오후, 우리 반 아이들 열 명 남짓이 우리 집에 놀러 와 함께 하늘 공원에 올라간 적이 있다. 우리 집에서 점심을 먹고 걸어서 하늘 공원에 가기로 했는데 아이들은 당연히 강아지도 데리고 가야 한다고 졸랐다. 다행히 하늘 공원은 강아지 출입을 허용하는 몇 안 되는 공원이었다. 그래서 주말이면 반려견과 함께 공원에서 산책하는 사람들을 자주 볼 수 있었다. 집에서 걸어갈 만한 거리에 그런 공원이 있어서 좋았다.

저희를 귀여워해주는 언니와 오빠들이 잔뜩 온 데다 나들이옷 차려입고 산책까지 나서니 샘이는 신이 났다. 그때 찍은 사진을 보면 빨간 조끼를 입은 샘이가 내 앞에서 의기양양하게 하늘 공원의 갈대밭 오솔길을 걷고 있고, 나는 뒤에서 휴대전화를 들고 통화 중이다. 바람이는 보이지 않는다. 내 뒤에 오던 수연이가 품에 안고 있었기 때문이다. 우리 반의 센스쟁이 석종원은 그 사진을 찍어서 우리 반 카페에 올려놓고 '정아 샘의 아름다운 산책'이라는 멋진 제목도 붙여주었다.

하늘 공원에서 내려와 평화의 공원 시냇가에 앉아 쉬고 있을 때였다. 바람이와 같은 품종인 하얀 푸들을 데리고 우리 곁으로 한 남자가 다가왔다. 강아지가 예쁘다, 몇 살이냐, 이름은 뭐냐… 등 시시콜콜 묻더니 대뜸 이렇게 말했다.

"이 수놈하고 우리 애하고 결혼시키지 않으실래요? 우리 강아지가 예뻐서 새끼 달라고 하는 사람이 많지만 아무 애나 낳게 할 수는 없죠. 제가 지금까지 본 푸들 중 이 애들이 제일 예쁜 것 같아요. 어떠세요?"

우리 아기들이 예쁘다는 칭찬이야 고맙지만, 오다가다 공원에서 만난 사람에게 선뜻 바람이를 내맡기고 싶지는 않았다. 그런 내 마음을 읽기라도 한 듯 샘이가 턱 나섰다. 샘이는 남자 곁에 있는 예쁘장한 암놈 푸들에게 냅다 달려들어 왕왕 짖어대면서 경고장을 날렸다.

"뭐? 결혼? 바람인 내 남자야. 내 남편 건드리기만 해봐. 당장 내 눈앞에서 썩 꺼져. 이 여우 같은 강아지야!"

샘이가 어찌나 사납게 짖어대던지 공원을 지나가던 사람들이 다 돌아볼 정도였다. 혼담은 깨지고, 미지의 남자와 가여운 푸들은 그 자리에서 쫓기듯 떠나야 했다. 옆에서 이 모습을 지켜본 우리 반 아이들이 박장대소했다.

"선생님, 그 아저씨 좀 이상했는데 샘이가 잘 쫓아냈어요. 처음 만난 여자 분한테 다짜고짜 강아지 결혼이 웬 말이에요? 강아지 핑계로 선생님한테 작업 거는 거 아니에요?"

"바람이 결혼시키자니까 샘이가 질투에 불타서 그런 거야. 그치? 샘이야. 아주 잘했어. 샘이 아주 똑똑한 강아지, 인정!"

그런 '똑똑한' 샘이를 공원에서 잃어버린 적이 있다. 봄방학이 끝나갈 무렵의 어느 날씨 좋은 오후, 그날도 난지천 공원의 우리 단골 소풍 장소로 산책을 나갔다. 넓은 잔디 마당 끝자락에 있는 야트막한 소나무 언덕이었다. 소나무 아래 잔디밭에 담요를 깔고 앉아 책도 읽고 커피도 마시면서 바람이와 샘이에게 간식을 주었다. 모처럼 샘이 목줄을 풀어주고 여기저기 거닐게 하며 한때를 보냈다. 그런데 그날 집으로 오는 길에 바람이를 챙기느라 정신이 없어 샘이 목줄 매는 것을 깜박했다. 바람이를 안고, 책이며 담요며 보온병이 든 배낭을 대충 어깨에 걸친 채 열심히 잔디 마당을 가로질러 갔다. 잔디 마당을 다 지나서 공원 출구 쪽에 이르러 문득 돌아보니 샘이가 보이지 않았다. 당연히 내 뒤에서 촐랑거리며 따라오는 줄 알았는데 어떻게 된 일일까.

그때는 샘이를 데려온 지 한 달도 채 되지 않은 때라 이곳 지형지물을 아직 완전히 파악하지 못한 그 아이가 공원 여기저기를 헤매고 다닐 거라 생각하니 속이 타들어갔다. 그 조그만 강아지를 이 넓은 공원에서 어떻게 찾아야 할까. 샘이에게 아직 이름표도 못 걸어주었는데.

샘이를 한참 동안 애타게 찾아다니다 공원 끄트머리, 하늘 공원 옆으로 난 산책로 근방에 이르렀을 때였다.

"샘이야."

내 목소리에 뒤이어 어디선가 캉, 짖는 소리가 들려왔다. 소리가 난 쪽을 향해 정신없이 달려가니 거짓말처럼 내 눈앞에 샘이가 서 있었다. 그곳은 놀랍게도 소풍 나가면 늘 머무는 소나무 언덕 위, 그러니까 조금 전까지 우리가 머물렀던 바로 그 장소였다. 샘이는 나를 놓치고 나서 잠시 헤매다가 다시 거기로 가서 나를 기다렸던 것이다. 예전에 어른들이 귀에 못이 박히도록 한 말이 있다.

"길 잃어버리면 어디 가서 헤매지 말고 그 자리에 그대로 있어. 그래야 찾을 수 있어."

이 조그만 강아지는 그런 말 한마디 들은 적 없으면서 어떻게 다시 그 장소로 가서 기다릴 생각을 했을까. 주인이 자신을 찾기 위해 거기로 다시 올 줄 알았을까. 그런 믿음이 있었던 것일까.

샘이는 나의 모든 의구심에 아랑곳하지 않고 언덕 위에 동그마니 서서 '나를 두고 가면 어떡해?' 하는 듯한 표정으로 눈 하나 까딱 않고 나를 바라보았다. 잃어버린 주인을 만났는데도 끼깅 하는 작은 소리조차 내지 않고 끝까지 의연하던 아이. 그날 내게는 그 작은 푸들 강아지가 여왕보다 더 크게 느껴졌다.

눈먼 강아지의 산책

어느 날 바람이가 짖었다. 산책길에서 낯선 강아지와 마주쳤을 때였다. 앞발을 두 번 구르며 캉캉 짧게 짖는 소리가 들렸다. 문득 돌아보니 바람이가 낯선 강아지를 보고 짖고 있었다. 샘이는 그렇게 짖지 않는다.

'왈왈왈왈. 상암동 내 거야, 이거 다 내 땅이야. 그러니 넌 여기로 오지 말고 저쪽으로 돌아가.'

이렇게 외치듯이 깡총거리며, 아주 난리 블루스를 추며 짖어댄다. 목줄을 세게 잡아당겨야 할 만큼 막무가내로 상대방을 향해 달려들기도 한다. 그렇게 달려들어서 대체 어쩌자는 것인지. 샘이가 어떻게 하나 보고 싶어 목줄을 확 놔버릴까

하다가도 정말 무슨 사달이라도 날까봐 한 번도 그렇게 해본 적은 없다.

"저 강아지가 너보다 더 예쁘니까 질투 나서 그러는 거지?"

나는 상대방 강아지 주인에게 민망하고 죄스러워서 이렇게 얼버무리며 고개를 꾸벅 숙이고는 얼른 이 까칠한 무법자의 줄을 끌고 멀리 가버린다. 처음 만난 사람에게 살갑게 굴 뿐 아니라 자기를 쓰다듬어주기라도 할 양이면 금세 앞발을 냉큼 들고 꼬리를 흔들며 온갖 애교를 떨어대는 샘이가 다른 강아지들에게 그렇게 불친절한 까닭을 알 수 없었다. 이 세상 모든 강아지를 자신의 경쟁자로 보는 것일까.

어쨌거나 그런 소란스러운 샘이가 아니라 늘 조용하던 침묵의 수행자 바람이가 처음으로 캉 하고 짖었다. 앞이 보이지 않아 상대적으로 더 발달한 후각으로 알아챘는지 산책길에서 마주친 동네 강아지를 향해 짖은 것이다. '개가 짖는다'는 이 당연한 사실에 뛸 듯이 기뻐한 주인이 나 말고 또 있을까. 샘이와 별이는 너무 짖어서 전전긍긍 애쓰던 차에 말이다.

그동안 못 짖었던 것이 억울했는지 한 번 말문을 튼 바람이는 무척 수다스러워져 툭하면 짖었다. 우리 집 삼총사의 짖음 행렬은 이러했다. 대개는 제일 눈치 빠른 샘이가 바깥의 동향을 파악하고 짖기 시작한다. 이에 질세라 별이가 신나게 가세하고 바람이는 자기가 늦게 짖은 것이 아주 큰일이라는 듯 발까지 굴러가며 열심히 짖어대다가 셋 다 어느 순간 짖기를 멈추면 제가 캉 하고 마무리하는 것을 좋아했다.

아이들과 산책하려고 목줄을 찾으면 어느 틈에 알아차린 바람이는 현관으로 가서 1초쯤 기다리다가 나를 향해 짖기 시작한다. 나는 세 마리 강아지의 목줄 챙기랴, 휴지와 비닐봉지 챙기랴, 모자 쓰고 휴대전화까지 챙기랴 부산스러운데 바람이는 그 틈을 못 참고 "산책 안 갈 거야?"라며 발을 한 번 구르고는 캉 하고 신호를 보낸다. 샘이와 별이는 엄마가 산책 갈 준비를 하고 있다는 걸 보고 있기에 짖지 않고 기다리는데 그걸 알 리 없는 앞 못 보는 바람이에게 '기다림'이라는 것은 없었다.

바람이는 내가 현관문을 열 때까지 쉴 새 없이 독촉했고 엘리베이터 안에서도 성화를 해댔다. 7층에서 1층까지는 얼마 안 되는 거리지만 산책의 즐거움을 누리고 싶은 바람이에게는 꽤 먼 길이었는지, 빨리 밖으로 나가지 않는다고 짖어댔다. 엘리베이터에 탄 사람들이 모두 개를 좋아하는 것은 아니어서 때론 바람이 짖는 소리에 눈살을 찌푸리는 주민도 있다. 개를 세 마리나 데리고 탄 것도 못마땅한데 한 놈은 시끄럽게 짖기까지 하니 얼마나 마뜩잖을 것인가. 노골적으로 싫은 표정을 짓는 사람도 있어서 사람이 많이 탄 엘리베이터는 그냥 보내고 다음 것을 기다린 적도 여러 번이었다.

"엘리베이터가 서야 내리지. 조금만 기다려, 바람아."

품에 안은 바람이를 어르고 달래며 겨우 1층에 도착해 땅에 내려놓으면 바람이는 극도로 흥분한 듯 앞발을 세게 두어 번 구른 후 대망의 산책길에 나선다.

앞이 보이지 않으니 바람이는 산책길에서 좌충우돌 여기저기 부딪힐 때가 많았다. 처음에는 그게 무척 신경 쓰여 마음이 아팠지만 우리의 주인공은 전혀 개의치 않는다. 바람이는 벤치나 기둥, 큰 나무 등을 지나칠 때 쿵쿵 부딪혀도 그 자리에 멈춰서거나 아프다고 깨갱거린 적이 단 한 번도 없었다. 부딪히면 '아, 이쪽이 아닌가 보네' 하고 태연하게 방향을 바꾸어 계속 전진하는 것이다. 그런 바람이를 볼 때마다 가슴이 뭉클해졌다.

"와, 우리 바람이는 워낙 많이 부딪혀서 이 정도론 끄떡없어요. 맷집도 좋거든요."

마음이 아려오는 것을 애써 감추려고 짐짓 명랑하게 말하면 바람이를 안쓰럽게 바라보던 사람들도 슬며시 미소를 짓곤 했다.

그 작은 몸뚱이가 자꾸 여기저기 부딪히는 게 안쓰러워서 내가 안고 가려 하면 바람이는 제 발로 걸어갈 테니 내려달라고 발버둥쳤다. 40분에서 한 시간쯤 걸리는 산책 시간을 당겨 일찍 집에 돌아가려 하면 산책 더 해야 하는데 왜 벌써 가느냐며 길 한가운데 버티고 서서 고집을 피웠다.

바람이는 사기구멍이 펴 펏이고 고깁이 셌디. 우기 집에 처음 왔을 때는 식탁 밑에 들어가서 나오지도 않고, 짖는 소리 한 번 안 내며 살았다. 그때의 모습을 떠올리면 이 얼마나 장족의 발전이냐 싶어 내 자신이 뿌듯하기도 하고 바람이가 대견스럽기도 했다.

하지만 아이들에게는 즐겁기 그지없는 산책이 나에게는 고생일 때가 많았다. 세 마리나 되는 강아지를 모두 데리고 다녀야 했기 때문이다. 게다가 한 마리는 앞을 못 보는 데다 목줄을 매면 결코 따라오지 않았다.

"바람아, 바람아, 이쪽이야."

바람이의 목줄을 바닥에 끌리게 한 채 계속 내 목소리를 들려주면서 데리고 다녀야 하니 산책을 한 시간 하고 오면 진이 빠지고 목도 아팠다. 학교에서 하루 종일 수업하고 아이들과 씨름하고 나서 집에 오면 말 한마디도 하기 싫을 정도인데 집에 와서까지 그러려니 때로는 녹초가 되었다. 그래서 나중에는 손뼉을 치거나 호루라기를 구해서 불어보기도 했는데 쌕쌕거리는 호루라기 소리가 너무 크고 시끄러워서 두어 번 쓰고 난 후 그만두었다. 물론 사람이 없을 때에만 호루라기를 불긴 했지만 내가 생각해도 참 우습고 어이없는 장면이었다. 호루라기 부는 여자와 개 세 마리. 피리 부는 사나이를 따라가는 쥐떼도 아니고…

앞이 보이지 않으니까 고개를 땅에 처박고서 느릿느릿 냄새를 맡으며 탐색하는 바람이 모습에 가끔은 웃음이 터지기도 했다.

"바람아, 너 꼭 지뢰 탐지견 같다."

"바람아, 그거 다 네 땅이야? 거기다 또 쉬했어? 그래, 네 덕에 엄마는 땅 부자 되겠네."

나는 바람이를 놀리면서 산책을 이어간다.

냄새를 맡고 영역 표시를 하느라 바람이가 뒤처질 때가 있었다. 아차 싶어 뒤돌아보면 내 목소리를 놓쳐서 오도 가도 못하고 길 한복판에 돌맹이처럼 박혀 있는 바람이. 우두커니 서서 허공을 바라보는 그 조그만 아이를 보고 있으면 그만 가슴이 콱 메어져 왔다. 달려가서 가슴에 꼭 끌어안으면 내 품 안에서 파르르 떨며 필사적으로 나에게 파고드는 바람이의 온기가 마치 물결처럼 번져와 마음에 어렸다.

강아지를 세 마리나 키우는 것도 모자라 그중 한 녀석은 눈이 안 보여 모든 것을 뒷바라지해주고 신경써주어야 한다는 것은 무척 힘든 일이다. 산책길에서 마주치는 견주들은 강아지를 세 마리나 기른다는 사실에 내입 놀라디기 힌 이이기 눈먼 아이라는 말을 들으면 거의 존경에 가까운 눈빛으로 나를 바라본다. 때로는 이런 상황에 너무 지쳐서 "아, 힘들어. 너무 힘들어"라고 입 밖으로 되뇌기도 했다.

그러다 바람이가 원망스러워질까봐 제 풀에 놀라곤 했다. 그럴 때면 나는 눈을 꼭 감고서 이리저리 집 안을 돌아다녔다. 집 구조를 뻔히 알고 있는데도 아무것도 보이지 않으니 여기저기 부딪혔다. 이러다 크게 다치지는 않을까 하는 막연한 두려움까지 밀려왔다.

'볼 수 없다는 것은 이런 것이구나. 아주 잠깐인데도 이토록 불편하고 두려운데 우리 바람이는 평생 이렇게 사는구나.

"산책, 산책!

빨리 나가요.

빨리 산책 가자니까요!"

저 조그만 아이가 이렇게 캄캄하게 아무것도 못 보는 채로…'

이런 생각을 할 때면 바람이가 너무나 가여워 가슴이 먹먹해지고 눈물이 핑 돌았다. 바람이가 원망스러워지려던 조금 전의 마음, 바람이 때문에 힘들어 못살겠다는 마음은 그야말로 눈 녹듯이 사라지고 나는 벅차오르는 감정을 주체하지 못하며 바람이를 힘껏 안아주곤 했다.

세 녀석 모두 말귀는 기막히게 알아들어서 "산책할까?"의 '시옷'자만 나와도 고개를 바짝 들고 까만 눈을 반짝반짝 빛내면서 "산책, 산책! 빨리 나가요. 빨리 산책 가자니까요!" 하는 듯 발을 동동 구르며 난리법석을 떨었다. 누군가와 대화를 나누거나 통화 중에도 내 입에서 '산책'이라는 단어만 나오면 똑같은 반응을 보였다. 얌전히 소파에 엎드려 평화로운 시간을 누리던 세 놈이 약속이라도 한 듯 일제히 고개를 바짝 쳐들면서 "산책이라고 말했으니 그 단어에 책임져요"라는 듯 왈왈거리며 야단을 피우는 것이다. 산책할 형편이 아닌데 세 놈이 막무가내로 산책가자고 짖어대서 난처했던 적이 한두 번이 아니다. 그래서 때로는 산책 대신 'SH'라는 암호를 쓰기도 했다.

아이들은 밥이나 간식보다 산책을 더 좋아했다. 특히 바람이가 산책을 좋아했다. 바람이는 자기가 보지 못하는 세상을 냄새로 알고 싶어 더더욱 간절히 나가고 싶어 했던 것이 아닐까.

"바람 쐬러 안 갈 거야? 난 바람이잖아. 바람이!"

바람이가 말을 할 줄 안다면 아마 이렇게 말하지 않을까.

3
모든 것은 나에게
사랑이었다

나는 푸들이다

　푸들은 정말 똑똑한 강아지다. 인터넷에 심심치 않게 올라오는 '개 지능지수 순위'에 의하면 조사기관이나 사람에 따라 조금씩 차이는 있어도 최상위 3위 안에 늘 푸들이 들어간다는 공통점이 있다. 푸들은 또한 유행의 나라 프랑스를 대표하는 강아지답게 애견계의 모델이라 불릴 정도로 멋있게 가꾸기 좋은 품종이다. 한국애견협회 누리집에 기록되어 있는 공식 견종 표준을 보자.

　'푸들의 장점: 자기 자신을 자랑스럽게 표현하고 매우 활동적이며 지적이다.

　'푸들의 결점: 예민하고 부끄러움을 탄다.'

결점까지도 나를 닮은 듯해 우리 집 강아지들이 더 마음에 든다.

우리 집 푸들은 푸들 중에서도 가장 작은 종인 토이 푸들이다. 몸무게가 10킬로그램까지 나가는 스탠더드 푸들은 베토벤이 키우던 견종이었다고 한다. 베토벤이 이 애견의 죽음을 슬퍼하여 곡을 남겼다는 일화도 있다. 푸들의 가장 좋은 점은 '거의'가 아니라 '전혀' 털이 안 빠진다는 것이다. 스패니얼을 키울 때는 늘 집 안에 털이 날아다녔는데 푸들 세 마리가 사는 집에는 털 하나 없어 실내견으로 제격이다. 게다가 애교가 많고 눈치도 빨라 사람처럼 주인의 심정을 헤아릴 줄 안다.

먼저 세상을 떠난 남동생의 기일을 앞둔 어느 날 식탁 앞에 앉아 있다가 슬픈 생각이 밀려들어 울음을 터뜨린 적이 있다. 세월이 그렇게 많이 흘렀는데도 슬픔은 전혀 희석되지 않는 것 같았다. 그때 우리 강아지 삼총사는 언제나 그렇듯이 소파에 나란히 앉아 있었다. 잠시 후 무릎에 무언가 포근하고 몽실몽실한 기운이 느껴져서 얼굴을 가리고 있던 양손을 내리며 눈을 떠보니 어느새 샘이가 내 무릎 위로 뛰어 올라와 내 얼굴을 뚫어지게 쳐다보고 있었다. 그러고는 내 눈물을 핥아주기 시작했다.

"엄마, 왜 그래? 울지 마."

샘이가 나에게 이렇게 말을 건네는 것 같았다. 내가 꼭 안
아주자 샘이는 까만 눈으로 나를 쓰윽 쳐다보고는 다시 눈물
을 핥아주었다. 슬픈 생각이 쏙 들어가버릴 정도로 놀랍고 기
쁘면서 진심으로 위로가 되었다. 샘이는 나중에 어머니 집에
가서 살 때에도 그랬다고 한다.

어느 날 어머니는 다음과 같은 세 가지 이유를 들며 샘이를
내려가겠다고 하셨다. 첫째, 샘이가 바람이와 붙어 있으며 자
꾸 새끼를 낳게 된다. 둘째, 너 혼자 세 마리를 키우는 것은 너
무 힘들다. 셋째, 강아지와 있으면 함께 산책을 하게 되는데
그게 노인 건강에 좋다.

샘이와 헤어지는 것은 안타까웠으나 다른 데로 가는 것도
아니고 부모님 댁이니 자주 볼 수 있고, 노인 두 분만 사시는
적적한 집에 샘이처럼 애교 많고 귀여운 강아지가 있으면 좋
겠다 싶어서 보내게 되었다. 예상대로 샘이는 노부부의 더
없이 좋은 벗이 되어주었다. 종종 부모님 댁에 전화하면 "아
버지는 지금 샘이 데리고 나가셨어"라는 대답을 들을 수 있
었다.

"엄마,

왜 그래?

울지 마."

"샘이가 컹 하고 한 번만 짖으면 너네 아버지는 다른 일을 하시다가도 산책하러 나가신다니까. 안 그러면 살 수가 있 나? 샘이란 년이 현관에서 문을 긁어대고, 낑낑거리는데… 그렇게 안 해도 샘이 말이라면 아버지가 아주 꼼짝 못 해서. 개라면 평생 진돗개만 아시던 양반이. 참 신기한 일이지."

샘이 덕분에 부모님이 하루에 서너 번씩 걷기 운동을 하실 뿐만 아니라 샘이를 앞세워 가까운 산에도 오르게 되셨다니 참으로 다행이었다. 그뿐인가. 이웃들에게 자랑할 거리도 생 기셨다.

"우리 동네에서 샘이 별명이 여왕마마야. 예쁜이라고도 하 고. 어제도 목욕 시켜서 데리고 나갔더니 요 앞 미용실 주인 이 '예쁜이 새 옷 입었네? 여왕마마가 오늘은 더 예쁜데?' 하 면서 쓰다듬어주고, 간식도 줬어. 동네 사람들이 우리 샘이를 얼마나 예뻐하는지 몰라."

날마다 예쁜 하얀 강아지를 앞세워 두 손 꼭 맞잡고 산책하 는 것이 우리 부모님의 즐거운 일상이 되니 샘이를 보낸 나도 덜 서운하고, 부모님께도 조금 덜 죄송했다.

"엄마, 샘이 키우기 힘들지? 다시 여기로 데려올까?"

내가 가끔 물으면 어머니는 여지없이 이렇게 대답하셨다.

"샘이 덕에 매일 산책 나가 걷고, 동네 사람들하고 샘이 얘기도 하고, 빈집에 들어가도 누군가가 반겨주니 참 좋아."

그런데 하루는 어머니가 낮잠을 자다가 악몽을 꾸셨는지 잠꼬대를 하며 앓는 소리를 내셨다고 한다. 그러다 누군가가 몸을 흔들며 달래주는 듯해 마침 그때 집에 와 있던 외손주이겠거니 생각하며 눈을 뜬 어머니는 깜짝 놀라셨단다. 샘이가 소파 옆에 서서 앞발로 어머니 가슴을 톡톡 건드리면서 '할머니, 괜찮아? 왜 그래? 괜찮은 거지?' 하듯 걱정스러운 눈빛으로 어머니를 지켜보고 있더라는 것이다. 어머니가 소파에서 낮잠 주무실 때 간혹 허공을 향해 팔을 허우적거리며 잠꼬대하면 아버지께서 어머니를 흔들고 어르며 진정시키셨다는데 아마 샘이 그 모습을 기억하고 따라 한 것 같다고, 대견하기 그지없다면서 그 일화를 몇 번이나 들려주셨다.

"글쎄, 난 효식인 줄 알았다니까?"

그런 샘이의 아들 별이로 말할 것 같으면, 거의 24시간 내게서 눈을 떼지 않는 마마보이, 엄마바라기, 껌딱지였다. 하도 내 발치를 졸졸 따라다녀 어쩌다 내가 갑자기 몸을 돌리면 별이에게 걸려 다리가 휘청했던 순간이 한두 번이 아니었다.

별이는 가끔 인형을 물어다가 제 아빠인 바람이 앞에 툭 던져놓는데 앞 못 보는 바람이가 인형놀이나 공놀이를 해주지 못하니 저 혼자 인형을 못살게 굴다가 내 앞에 인형과 공을 물어다놓고 던져달라며 나를 말똥말똥 쳐다본다. 이런 일상이야 다른 강아지들도 다 그렇게 하니 특별할 건 없었다. 다만 별이는 아침마다 나와 헤어지는 방식이 남달랐다.

잠자리에 들 때 바람이는 늘 내 오른팔을 베고 잤고 별이는 내 머리맡에서 잤다. 아침에 내가 일어나면 별이와 바람이도 침대에서 뛰어 내려와 각자 하루 일과를 시작한다. 용변을 보고, 아침밥을 먹고, 거실에서 어슬렁거리다가 현관 앞에서 나와 헤어지는 바람이와 달리 별이는 내가 출근하기 직전까지 나만 졸졸 따라다녔다. 내가 주방에서 무언가를 하면 싱크대 옆에 앉아 있고, 화장실에 가면 화장실 문 밖에 앉아 있고, 안방으로 들어와 화장대 앞에 앉으면 별이도 다시 침대로 뛰어 올라간다.

별이는 그렇게 침대에 앉아서 출근 준비하는 내 모습을 일일이 눈으로 따라가며 지켜보는 것이다. 초상화를 그리는 화가가 모델을 관찰하듯이 그렇게 눈 한 번 떼지 않고 꼼꼼하게 나의 일거수일투족을 눈으로 좇아간다. 그러다가 내가 화장을 하고, 옷을 갈아입고 나서 마지막으로 옷 색깔에 맞춰 귀걸이를 하면 별이가 침대에서 뛰어내린다. 출근 준비의 마지막 단계로 귀걸이를 하고 그 이후에는 내가 안방 문을 닫고 나가니 자기도 이제 여길 나가 거실로 향하겠다는 것이다. 화장대 거울을 통해 별이의 그런 동작과 표정을 보는 것이 재미있어서 1학년 수업 시간에 아이들에게 그 이야기를 해주자 한 남학생이 대뜸 말했다.

"선생님, 그럼 다음에는 귀걸이를 제일 먼저 해보세요."

아이들이 와르르르 웃으며 재밌다고 고개를 주억거렸다.

"음, 그래봐야겠네."

나도 그렇게 해봐야겠다고 생각했다. 하지만 다음 날이 되면 잊어버리고 다시 귀걸이를 맨 마지막에 하고, 우리의 푸들 강아지 별이는 내 손이 귓불로 가는 그 순간에 맞춰 깃털처럼 사뿐히 침대에서 뛰어내린다.

천사 같은 친구가 생겼어요

팔랑이. 이름도 예뻤다. 우리 바람이와 어감도 비슷하고 나이도 한 살 많은 또래였다. 집 밖에 나서면 우리 강아지들은 다른 강아지를 향해 먼저 짖고, 먼저 달려들고, 상대방이 친하게 지내자며 꼬리치고 다가오면 흠, 하고 곁을 내주는 척하다가 느닷없이 돌변해서 앙칼지게 짖어 내쫓아버리기 일쑤였다. 이 아이들은 천성적으로 사회성이 부족한 것일까 아니면 떼로 몰려다녀서 그런 것일까.

나는 우리 아이들이 이웃 강아지들을 만나면 반갑다고 인사하고, 꼬리를 흔들고, 코도 비벼대는 아름다운 산책을 꿈꾸었다. 하지만 아이들이 유난히 까칠해서 고민이 많았는데 드디어 이 악동 삼총사에게 천사 같은 친구가 생긴 것이다.

우리 아파트 단지에는 아담한 산책로가 있어 강아지를 데리고 두어 바퀴만 돌다보면 웬만한 강아지 이웃은 다 만나게 된다. 산책로에서 몇 번 마주친 적이 있는 팔랑이는 연한 갈색에 진한 밤색 무늬가 멋지게 퍼져 있고 커다랗고 까만 왕방울 눈을 언제나 순진하게 깜빡이는 시추였다. 팔랑이의 주인역시 팔랑이 못지않게 큰 눈에 키가 큰 멋쟁이였다. 팔랑이엄마와 나는 바람이를 잃어버린 날 친구가 되었다.

"바남아, 바람아."

내가 소리 높여 바람이를 외치고 다니는데 시추 한 마리를 앞세워 느긋하게 산책하던 그녀가 다가와 말을 건넸다.

"같이 찾아드릴까요?"

산책로에서 몇 번 마주친 적은 있었지만 서로 인사를 나눈 적은 없었다. 이웃 개들에게 짖어대는 우리 강아지들 때문에 다른 개들을 피하기 바빴던 나에게 산책 친구는 언감생심이었다.

친절한 그녀가 함께 찾아준 덕분인지 다행히 얼마 후 바람이를 찾은 나는 우리 집에 가서 차 한잔하자 했고, 그렇게 해서 우리 까칠한 삼총사에게도, 내게도 친구가 생겼다. 유기견을 입양해 '팔랑이'라는 예쁜 이름을 지어주고 애지중지 키우던 팔랑이 엄마는 강아지 세 마리를 이끌고 날마다 산책하는 나를 볼 때마다 대단하다는 생각을 했다고 한다. 그런데 그날 바람이가 눈이 안 보인다는 말을 듣고는 얼마나 따뜻하고 안쓰러운 표정으로 바람이를 안아주던지… 아, 이런 마음을 지닌 사람이라면 이 삭막한 아파트에서도 친구로 지낼 수 있겠구나 싶었다. '나의 친구가 되고 싶다면 내 개를 사랑하라'는 말은 미국 속담이던가.

  팔랑이 엄마 문주 씨는 미술을 전공해 미술학원을 운영하고 있었다. 나처럼 혼자 사는 그녀는 나보다 나이가 어렸지만 음식 솜씨는 몇백 배나 더 좋았고 유머 감각이 넘쳤다. 나는 팔랑이 엄마와 일주일에 서너 번 정도 만났는데 대개 강아지 산책 시간이 비슷해 약속 없이 나가도 꼭 어느 지점에서 마주치곤 했다. 서로의 집을 자주 놀러 다니다 보니 우리 아이들은 산책하다 팔랑이네 집 앞을 지날 때면 그 집으로 들어가는 줄 알고 자기들 스스로 그쪽으로 방향을 틀기도 했다.

  영화도 같이 보고 서로의 생일도 챙겨주는 사이가 되었을 무렵, 단양에도 두 번 다녀왔다. 여행을 좋아한다는 점도 같아서 내가 단양집 이야기를 꺼내자 팔랑이 엄마가 "우리 당장 가죠?"라고 하여 그길로 그녀의 차를 타고 단양에 갔다. 단양집 너른 마당에서 강아지 네 마리가 자유롭게 뛰어 노는 평화로운 풍경 한가운데서 우리는 얼마나 행복했던지!

팔랑이 엄마는 샘이와 바람이가 아프거나 다쳤을 때 내 전화 한 통에 팔랑이를 집에 둔 채 득달같이 달려와 동물병원까지 태워다주었고, 월드컵 공원에서 '동물 보호 축제' 같은 큰 잔치가 열리면 두 집 강아지들이 나란히 출동해 행사를 빛내기도 했다.

우리 악동 삼총사가 동네를 어슬렁거리다 마주치는 강아지들 중 유일하게 짖으며 달려들지 않았던 단 하나의 친구 팔랑이. 수놈인 팔랑이는 삼총사 중 유일한 암놈인 샘이를 특히 좋아했는데 그렇다고 바람이와 사랑싸움을 벌이지는 않았다. 팔랑이 녀석이 워낙 착하고 순했기 때문이다. 그래서 나는 간혹 팔랑이 엄마에게 진담 반, 농담 반으로 말했다.

"푸들도 물론 예쁘지만 다음에는 시추를 키워볼래. 똑똑한 것보다는 착한 게 더 좋을 때가 많거든."

그럴 때마다 팔랑이 엄마는 한숨 쉬며 말했다.

"나는 샘이나 별이처럼 우리 팔랑이가 한 번만 나한테 먼저 와서 안기거나 뽀뽀해주면 정말 좋겠어요."

우리 까칠한 삼총사에게도,

내게두

친구가 생겼어요.

샘이가 어머니 댁으로 간 후에도 어머니와 함께 본가인 우리 집에 오는 날이면 꼭 팔랑이를 만났다. 오랜만에 보는데도 두 녀석은 반가워서 서로 핥아주면서 그동안의 안부를 묻는 것 같았다.

그 착한 팔랑이는 심장병을 앓다 하늘나라로 떠났다. 팔랑이 엄마는 팔랑이가 먹던 심장약이 거의 새 것이라며 같은 약을 먹는 별이를 위해 울먹이며 건네주었다. 이 모든 이야기가 우정의 향기로 우리 곁에 오래도록 머물렀다. 바람이, 샘이, 별이와 팔랑이. 그 아이들은 진정으로 영원한 친구였다.

불법을 저지르세요

사람들이 개를 좋아하면서도 선뜻 키우려 하지 않는 가장 큰 이유는 아마 '이별을 견디기 힘들어서'일 것이다. 개의 수명이 예전보다 길어졌다고는 하지만 거의 백 년을 사는 거북이에 비해 겨우 12년에서 17년에 불과한 개의 평균 수명은 왜 이렇게 짧은 걸까.

바람이와 샘이도 어느덧 열여섯, 열다섯 살로 접어드니 슬슬 걱정이 되었다. 그 무렵 바람이에게는 치매 증세까지 와서 분별력과 인지 능력이 현저히 떨어졌다. 비록 눈은 안 보여도 용변을 잘 가리던 아이가 집 안 아무 데나 대소변을 보았다. 하지만 원래 바람이야 무슨 짓을 하든, 어떻게 하든 앞을 못 본다는 이유로 모든 것이 허용되고 용서되던 아이라서 그러려니 하고 묵묵히 치우는 수밖에 없었다. 문제는 함께 사는 별이가 바람이를 따라 한다는 것이었다. '악화는 양화를 구축한다'더니 나쁜 습관은 왜 그리도 빨리 배우는 것일까.

생후 2개월 무렵부터 십 년 넘도록 소변은 화장실 앞 배변판에, 대변은 베란다에 해오던 똑똑한 별이가 언젠가부터 아빠 바람이를 따라 한다는 것을 알고 기가 막혔다. 학교에서 돌아오면 두 마리 개가 하루 종일 거실 여기저기에 볼일 본 것부터 치우고 나서야 겨우 옷을 갈아입고 소파에 앉을 수 있었다.

산책을 나가면 바람이는 앞으로 나아가는 대신 고개를 푹 숙이고 한자리를 하염없이 뱅글뱅글 맴돌았다. 의사 선생님은 나팔관에 손상이 생겨 공간 인지 능력을 잃어버렸다고 했다. 강아지의 치매 증세 가운데 하나였다. 비록 바람이가 앞은 못 보지만 여기저기 부딪히면서 십 년 동안 꾸역꾸역 잘 다니던 길을 이제는 가지 못하게 된 것이다.

그래도 별이는 계속 산책을 시켜야 했기에—당시 별이 몸무게가 4킬로그램이 넘어 운동시키지 않으면 큰일 난다고 의사 선생님에게 혼났다—결국 늘 다니던 산책로를 포기하고 큰길 건너 KBS 미디어센터 주변 공터에서 바람이는 혼자 뱅글거리며 돌게 놔두고 별이만 데리고 몇 바퀴 걸었다. 사람이 다니지 않으면서 바람이를 한눈에 볼 수 있는 장소라야 바람이가 안전하게 뱅글이를 하는지 볼 수 있었기 때문이다.

"얘 어디 아픈 애 같아. 가여워서 어쩌나?"

간혹 지나가는 낯선 이들 중에는 혼자 제자리를 돌고 있는 바람이가 유기견인 줄 알고 다가가는 이도 있었다. 마음씨가 고운 이들이다. 그럴 때면 쏜살같이 달려가 내가 주인이며 여기어커커해서 이 늙은 개가 저차저차하는 주인라 말하며 한껏 동정해주며 지나가곤 했다. 인정하고 싶지 않았지만 이제 우리 바람이, 샘이 그리고 슬프게도 별이까지 어느새 늙은 개가 되어버린 것이다.

늙은 개가 되었으니 남은 단계는 딱 하나. 한 마리도 아니고 고만고만한 세 마리가 거의 동시에 무지개다리를 건너갈 터인데 이를 어쩌나, 어떻게 마지막을 겪어내나. 이런 걱정 때문에 잠을 설치는 날이 많아졌다.

어느 날 자신의 고민을 이야기하는 활동 수업이 있었다. 다른 때에는 발표를 잘하는 아이들이 이 시간에는 자신의 고민을 말하는 게 꺼려졌는지 도무지 입을 떼려 하지 않았다. 이 무렵의 중학생들에게는 '허세'라는 것이 있어서 자랑도, 고민도 공개적으로 쉽사리 드러내보이질 않는다. 자랑을 잘못했다간 왕따 당하기 십상이고, 고민을 잘못 말했다간 두고두고 놀림당할 수 있기 때문이다. 가을도 겨울도 아닌 계절 11월처럼 아이도 어른도 아닌 애매한 나이. 그래서 이 나이 아이들은 싱그럽고 풋풋하고 생기 넘치지만 한편으로는 미숙하기 이를 데 없어 자칫하다간 깨질 것 같기도 하다.

그렇다고 아이들이 발표하지 않는 것을 핑계 삼아 그 부분을 건너뛰어 버리면 다음 수업으로 나아가기 뻑뻑하다. 다른 과목도 마찬가지겠지만 국어 수업은 분위기를 특히 많이 타는 탓에 앞의 길을 잘 터주면 망설이며 주저하던 아이들도 잘 따라올 수 있다. 그래서 그러한 경우에는 아이들에게 내 이야기를 많이 해주는 편이다.

'선생님에게도 그런 고민이 있구나. 선생님도 그렇게 화내고, 슬퍼하고, 갈등하고, 괴로워하는구나. 선생님도 저러니 우리에게 이런저런 문제가 있는 건 당연한 거겠지.'

이런 마음이 들도록 아이들 마음의 담장을 허물어주는 역할을 해주면 좋을 것 같았다.

아무튼 내가 먼저 입을 열기로 했다.

"그럼 내 고민부터 말해볼게. 요즘 나의 최대 고민은 우리 강아지들이야. 내가 자주 얘기했으니까 우리 바람이, 별이는 다들 알고 있겠지? 전에 사진도 보여줬잖아. 그 아이들이 이제 나이가 많이 들어서 죽음을 눈앞에 두고 있거든. 그렇게 예뻤던 아이들이 여기저기 아프고, 눈도 안 보이고, 이젠 똥오줌도 못 가려서 아무 데나 싸고… 그러다가 언젠가는 하늘나라로 가겠지. 정말 생각하기도 싫지만 받아들일 수밖에 없는 일이야. 문제는 이 아이들이 하늘나라로 간 후에 어떻게 되느냐는 것이지. 미용 같이서는 그 아이들이 좋아하는 흙에 묻어주고 싶어. 바람이는 눈이 안 보여도 흙 위에만 데려다 놓으면 처음 가본 데라도 날아갈 듯이 무조건 앞으로 나아갔거든. 콘크리트 바닥에 내려놓으면 꼼짝도 안 하는 애가 말이야."

"묻어주면 되잖아요."

아이들은 어느새 내 말에 집중했다. 마치 자신이 사랑하는 개나 고양이가 하늘나라에 갔는데 그 아이의 장례 절차가 내 입에 달려 있기라도 하다는 듯 반짝이는 눈으로 나를 바라보고 있었다.

"그런데 우리나라에서 개를 매장하는 것은 불법이야."

"불법이오? 그럼 합법은 뭔데요?"

"개의 사체를 쓰레기봉투에 넣어서 버리는 거야."

아이들이 깜짝 놀라 웅성댔다.

"말도 안 돼. 헐. 어제까지 가족이었는데 죽었다고 쓰레기봉투에 넣어 버린다고?"

여기저기서 분개한 목소리가 튀어나오는 것 같더니 아이들은 다음 순간 한목소리로 일제히 소리친다.

"불법을 저지르세요!"

늙은 개를 키운다는 것

부모님 댁에서 몇 년을 예쁘게 살았던 샘이, 삼총사의 대장이었던 샘이에게도 노년이 찾아왔다. 가끔 내가 찾아가면 눈물겨울 정도로 격하게 반기던 아이가 어느 날 멀뚱한 표정으로 어슬렁거리며 나에게 다가왔을 때 그만 가슴이 철렁하면서 예감이 좋지 않았다. 부모님 댁에서 하룻밤 자면서 유심히 관찰해보니 아무래도 샘이가 정상이 아닌 것 같았다. 수년 동안 할아버지, 할머니와 하루에도 두세 번씩 다녔다는 산책로에서 어리둥절해하며 자꾸 엉뚱한 길로 갔다. 샘이는 제 이름을 불러도 귀를 팔랑거리며 뛰어오기는커녕 돌아보지도 않고 초점 없는 눈동자로 멍하니 서 있을 뿐이었다.

우리 집으로 데려와 단골 동물병원에 가서 진찰을 받으니 의사 선생님은 샘이가 눈이 안 보이고, 귀도 멀었다고 했다. 심지어 배에서는 작은 혹이 발견되어 조직 검사를 했는데 다행히 암은 아닌 것 같다고 했다. 혹은 더 지켜보다가 이상이 생기면 다시 검사받기로 하고 샘이를 부모님 댁으로 데려다주었다. 샘이가 하룻밤만 우리 집에 있어도 부모님은 빨리 샘이를 데려오라고 성화셨다.

그런데 얼마 후 관절염 수술을 받은 어머니가 거동이 불편해 늙은 개를 돌보기 어려우실 거라고 판단한 막내 여동생이 샘이를 자기 집으로 데려갔다는 소식을 들었다.

"샘이는 우리 집에서 엄마 집으로 한 번 옮겨갔고, 거기서 다시 정은이네로 갔으니 자기가 버림받았다고 생각할 수도 있어. 힘들어도 내가 샘이를 다시 데려올 거야. 두 마리 키우나 세 마리 키우나 힘든 건 마찬가지잖아. 여기서 살던 애니까 여기서 삶을 마치게 해주고 싶어. 여기저기 자꾸 옮겨다니는 샘이한테 너무 미안하고 그 애가 불쌍해."

나는 어머니와 통화하면서 전화기에 대고 대성통곡했다. 어머니도 '당신이 샘이를 버린 건가?'라는 생각에 슬픔에 젖어 동생에게 그 얘기를 전하셨다 한다. 그러자 여동생이 자주 가는 동물병원 의사 선생님에게 샘이를 데려가 진찰받으며 물어보았단다.

"정말 샘이가 버림받았다는 느낌을 받을까요? 큰언니에게 다시 데려다주어야 할까요?"

"샘이는 이미 치매에 걸려서 자기가 어떤 상태인지 모릅니다. 지금 자기 주인이 누군지도 모르고요. 이 개의 현재 관심사는 오로지 제 한 몸 편안히 지내는 것뿐입니다."

여동생은 의사 선생님의 말을 전하며 다정하게 말했다.

"언니가 정 원하면 샘이를 데려다주겠는데, 샘이의 상태가 안 좋으니까 내가 여기서 잘 돌볼게. 언니는 샘이가 아니더라도 바람이가 치매에 걸려서 힘들잖아."

심성이 곱고 착하며 다정한 동생은 물론 샘이를 잘 돌보아줄 것이다. 게다가 그 집은 우리 집보다 훨씬 넓고 쾌적할 뿐만 아니라 '별이'라는 이름의 덩치 큰 스탠다드 푸들이 샘이에게 모든 걸 양보하며 친절하게 대해주고 있다고 했다. 샘이가 여동생 집에서 말년을 편안히 사는 것도 괜찮을 것 같아동생에게 그 아이를 맡기기로 했다.

대담하고 영리하며 예뻤던 여왕마마 샘이. 샘이는 생의 마지막을 엄마도 할머니도 아닌 이모와 함께 보내게 되었다. 동생은 내가 궁금해하고 걱정할까봐 날마다 샘이의 근황을 동영상과 사진으로 보내주었다. 목욕을 마친 샘이, 잠자는 샘이, 우연히도 샘이 아들과 이름이 같은 별이와 노는 샘이…

예전 같은 총기는 사라졌지만 대신 편안해 보이는 샘이의 표정에 마음이 놓여 유기농이니 영국산이니 자연산이니 하는 비싼 사료와 간식들을 인터넷으로 주문해 동생 집에 보내주었다. 샘이에게 간식을 보내주며 문득 '일 때문에 바쁜 엄마가 아이와 놀아주지 못하는 대신 값비싼 장난감으로 육아를 대체하려는 심리가 바로 이런 것이겠구나' 하는 생각이 들기도 했다.

강아지 수명 20세 시대

"바람아, 엄마 왔네?"

점점 귀가 먹어가는 바람이는 소파에 앉아 있다 내 목소리를 듣고 나서야 엉금엉금 내게 다가왔다. 예전에는 내가 문을 열면 어느새 현관에 나와 있던 녀석이었다.

"바람아, 오늘 하루 어떻게 보냈어? 별이랑 잘 놀았어?"

나는 그런 바람이를 품에 꼭 안고서 이야기도 들려주고, 거실을 왔다갔다 하면서 둥둥 어른 후에야 그 아이를 내려놓고 옷을 갈아입었다. 그렇게 삼십 분쯤 바람이가 만족해할 때까지 안아줘야지, 그전에 멈추기라도 하면 바람이는 캉 짖으며 더 안아달라고 보챘다.

바람이는 이제 백내장이 녹내장으로까지 전이되어 눈동자가 하얗게 변했음은 물론 눈 주위의 통증도 심할 거라고 했다. 그래서인지 그 아이를 쓰다듬는 내 손길이 눈 주위에 이르면 바르르 떨면서 고개를 돌리는 모습이 너무나 안타까웠다. 치매 증세도 나날이 심해졌다. 이가 거의 다 빠져 딱딱한 사료나 뼈다귀는 먹지 못했지만 아직 식욕을 잃지 않아서 이유식 비슷한 부드러운 음식을 만들어주면 고개를 주억거리며 천천히 맛있게 잘 먹었다. 산책길에서 뱅뱅 도는 것도 여전했다. 이웃 학교로 전근가기 전 친하게 지냈던 박혜경 선생님이 우리 집에 놀러와 바람이를 몇 번 보고 나서는 유모차를 보내주었다.

"선생님, 바람이 눈이 안 보여 공원에 가려면 너무 힘들 것 같아요. 이거 우리 딸이 쓰던 건데 이제 쓸 일이 없어 그냥 베란다에 두었던 거예요. 여기에 바람이와 별이 태워서 산책시켜 주세요."

하지만 아직은 바람이가 자기 다리로 걸을 수 있으니 '때를 기다리며' 보관 중이었다. 다리에 모든 힘이 풀려 주저앉게 되면 그제야 유모차를 쓸 생각이었다. 그전까지는 다리를 움직이게 해주고 싶었다. 나는 날마다 바람이를 안고 속삭였다.

"바람아, 이렇게라도 오래오래 살아줘. 네 이가 다 빠지면 씹어서라도 먹여주고, 뱅글뱅글 도는 것마저 못하게 되면 엄마가 꼭 껴안고 산책시켜줄게. 참, 유모차도 있잖아? 재미있을 거야."

별이 역시 눈이 점점 멀어갔다. 의사 선생님은 백내장이 왔다고 했다. 더구나 아빠 바람이처럼 심장병이 있고 기관지 협착증까지 걸려 죽을 때까지 심장약과 기관지약을 먹어야 했다. 개에게도 유전인자가 있어 아빠의 병을 아들이 고스란히 이어받는 것 같아 서글프고 처량했다. 마냥 어린 줄만 알았던 어리광쟁이, 엄살지존, 겁쟁이 막내 별이에게도 힘겨운 노년이 찾아들기 시작한 것이다.

우리 집 거실에서 태어나 생로병사의 모든 단계를 우리 집에서 고스란히 겪고 있는 별이에게 느끼는 감정은 각별했다. 별이는 생후 석 달쯤 되었을 때 중성화 수술을 위해 병원에 갔던 것 말고는 십 년 넘도록 병원 출입을 한 적이 한 번도 없었다. 중성화 수술 당시에도 의사 선생님은 "별이가 얼마나 건강한지, 마취가 잘 안 될 정도군요"라고 했다.

이미 장애를 안고 있던 바람이는 수시로 병원을 찾았다. 샘이도 고관절 탈골 수술을 두 차례나 했다. 수술비가 150만 원이었는데 오른쪽 다리를 수술하고 얼마 지나지 않아 다른 쪽 고관절이 또 탈골되어 수술했던 것이다. 며칠 사이에 300만 원이라는 큰돈이 고스란히 강아지 수술비로 나갔지만 이상하게 아깝다는 생각은 들지 않았다.

며칠 뒤 나는 머리가 너무 아파 큰맘 먹고 CT 촬영이란 걸 해보려고 병원을 찾았다. 평소 두통이 없었는데 갑자기 머리가 아프니 걱정이 되었다. 하지만 검사비가 15만 원이라는 소리에 "지금은 별로 안 아프니 더 아프면 다시 올게요"라고 말한 뒤 병원을 나와 버렸다. 내 검사비는 그렇게 아까워하면서 샘이 수술비는 전혀 아까운 마음이 안 드니 참으로 묘한 일이었다.

바람이와 샘이의 병원비가 목돈으로 들어갈 때마다 나는 어린 별이를 꼭 안고서 폭풍 칭찬을 아끼지 않았다.

"우리 효자둥이. 엄마 힘들까봐 우리 별이는 아프지도 않아요. 착하기도 하지!"

그렇게 건강하던 별이가 나이를 먹어 온갖 병을 달고 살게 된 것이다. 몇 해 전에는 엄마 샘이처럼 고관절이 탈골돼 큰 수술을 받고 일주일이나 입원해야 했다.

동물병원 치료비는 세금이 10퍼센트나 되고, 보험 적용이 안 되는 데다가 병원마다 진료비가 천차만별이다. 병원을 잘못 찾으면 엄청난 출혈이 따르기도 한다. 다행히 우리 집 바로 앞에 몇 년 전 새로 생긴 동물병원의 마음씨 좋고 친절하신 원장님은 과잉 진료도 안 하시고, 내가 강아지를 여러 마리 키운다고 가끔씩 진료비를 대폭 깎아주시기도 하고, 갈 때마다 우리 아이들에게 맛있는 간식을 선물해주시기도 한다. 그래서 나는 아픈 아이를 마음 놓고 맡길 수 있었다. 집에서 실려실 수 있는 기리에 믿을 민턴 동불병인이 있다는 것은 늙은 개를 키우는 사람에게는 엄청난 행운이다.

출퇴근할 때마다 월드컵 상가 앞에 있는 또 다른 동물병원 앞을 지나치곤 하는데 하루는 그 병원 앞에 붙어 있는 포스터 문구를 보고 그야말로 빵 터졌다.

'인간 수명 100세 시대, 강아지 수명 20세 시대'

그 뒤로 나는 별이에게 협박 아닌 협박을 했다.

"나는 100세까지 살지 않아도 돼. 하지만 넌 20세까지 살아야 해. 엄마 말 안 듣고 그전에 가버리기만 해봐, 용서하지 않을 거야, 알았어? 이 못된 강아지야!"

'자식을 너무 귀하게 키우면 산신령이 샘내어 일찍 데려간

다. 그래서 옛날부터 귀둥이 자식들에게는 오히려 개똥이, 말똥이처럼 험한 이름을 붙여서 불렀다.'

어느 책에 있는 이 글을 읽고 나도 걸핏하면 우리 강아지들에게 "어이, 못난아"라고 즐겨 불렀다. 우리 별이가 평균 수명에 못 미치고 일찍 세상을 떠난다면 정말로 못된 강아지라는 생각이 들었기 때문이다.

지금의 단골 병원이 생기기 전, 바람이가 크게 아파 가까운 병원을 찾았으나 고치지 못해서 애를 태우다가 지인의 소개로 이대 앞에 있는 큰 동물병원에 간 적이 있다. 당시 바람이는 한밤중에 갑자기 괴성을 지르며 아파했다. 평소 순하던 아이를 아무리 달래도 고래고래 비명을 지르듯 울부짖으니 기가 막힐 노릇이었다. 이웃들이 깰까봐 밖으로 데리고 나와 아파트 앞 화단에서 한두 시간을 어르고 달래며 서성거리다 들어가곤 했다. 새벽 두세 시쯤 일어나 그렇게 하다 잠을 설치고 출근하니 몸이 몹시 힘들었다.

그런데도 인근 병원에서는 원인조차 찾아내지 못했는데 이대 앞 종합병원—젊은 의사 여럿이 함께 세운 병원이었다—에서 목 디스크라는 진단을 내렸다. 통증이 무척 심했을 것이라며 수술 후 일주일에 두 번씩, 한 달 동안 치료를 받으라고 했다. 자동차가 없는 상황에서 퇴근 후 바람이를 안고 상암동에서 이대 앞까지 간다는 것은 보통 문제가 아니었다. 이대 앞에 사는 옆자리 짝꿍 선생님이 가끔 태워다준 적이 있고 주말에는 팔랑이 엄마가 데려다주기도 했지만 평일에는 그녀의 퇴근 시간과 맞지 않아 주로 택시를 이용했다. 그러나 그조차 쉽지 않았다. 내 앞에 서려다가 강아지를 안고 있는 것을 보고 그냥 지나쳐버린 택시가 한두 대가 아니었기 때문이다.

'가다가 펑크나 나라!'

속으로 있는 욕, 없는 욕을 다하며 할 수 없이 버스를 타려고 하면 운전기사 아저씨가 노골적으로 싫은 티를 내며 승차 거부를 한다. '개를 태우면 재수가 없다'면서 창문을 열고 침을 탁 뱉은 기사도 있었다. 바람이를 데리고 다니기 힘들어서 차라리 입원을 시킬까도 생각해보았다. 하지만 낯선 공간에서, 더구나 병원에서 한 달씩이나 지내야 하는 바람이가 가여워 엄두를 내지 못했다.

다행히 그 병원에서 치료를 잘해주었고 바람이도 약을 잘 먹고 주사를 잘 맞아서 목 디스크는 완치되었다. 하지만 그

치료 과정은 바람이뿐 아니라 나에게도 너무나 힘겨워서 두 번 다시 겪고 싶지 않았다. 그런 상황에서 집 앞에 동물병원이 새로 생겨 얼마나 반갑고 고맙던지, 병원 문을 열기도 전에 개업 준비하는 그곳을 찾아가 인사를 했었다.

사람이나 동물이나 나이를 먹으면 병이 생기는 것은 당연한 일인 것 같다. 그런데 동물은 말을 하지 못하니 어디가 어떻게 아픈지, 언제부터 병이 났는지 도저히 알 수가 없어 더더욱 안타깝고 답답하다. 흔한 피부병은 없었지만 고관절 탈골 수술 세 차례(샘이, 별이), 목 디스크 수술(바람이), 기관지 협착증(별이), 심장병(바람이, 별이), 치매(바람이, 샘이), 백내장(바람이, 별이)에 녹내장(바람이)까지 늙은 개 세 마리를 키우며 온갖 병수발을 들다 보니 강아지 약 먹이는 데에는 도사가 다 되었고, 개를 키우는 다른 사람들에게 조언할 수 있는 경지에 이르렀다. 치료비도 엄청나게 들었다. 어떤 사람들은 내게 이렇게 조언하기도 한다.

"그 돈이면 품종 좋은 비싼 개를 살 수 있잖아요? 이렇게 고생하느니 차라리 어리고 예쁜 개를 새로 사서 키우세요."

"그럼 저 애들은요?"

"어차피 이제 살날도 얼마 안 남았는데 그만 보내주면 되지요, 뭐."

　나는 그 순간 치밀어 오르는 격한 감정을 꾹 누르고 차분하게 대답한다.

　"저 애들이 어렸을 때 저한테 기쁨과 위로를 주었어요. 이젠 제가 돌볼 차례죠. 키우던 강아지가 늙고 병들었다고 버리고 새로 사면, 새로 들인 애들은요? 그 아이들은 늙거나 병들지 않나요?"

　늙고 병들었다고 개를 버리는 것은 늙은 우리 개들뿐 아니라 생명에 대한 예의가 아니라고 나는 생각한다.

대체 어디 있니, 바람아

어느 날, 바람이가 사라졌다.

바람이가 없어진 날, 처음에는 침대 밑에 들어갔다가 못 나오는 줄 알고 대수롭지 않게 생각했다. 바람이는 전에도 몇 번이나 침대 밑이나 작은방 컴퓨터 책상 밑으로 기어들어갔다가 다시 나오지 못하고 우두커니 주저앉아 있던 적이 있었다. 나는 침대 밑뿐만 아니라 온 집 안을 구석구석 뒤졌다. 마음이 다급해져 세탁기 안을 살피고 장롱의 이불 속까지 샅샅이 들춰봤지만 바람이가 없었다. 집 안에 없다면 그 아이가 어떻게 혼자 밖으로 나갔을까. 그러다가 문득 스치고 지나가는 생각.

아, 베란다!

그 무렵 나는 일본의 한 동물학자가 쓴 『강아지 자연식』이라는 책을 정독하며 사료 대신 직접 강아지 밥을 만들어 먹이고 있었다. 특히 시중에서 파는 간식에는 방부제가 많이 들어 있다는 말에 그걸 산처럼 쌓아두고 먹이던 걸 끊고 내 손으로 만든 간식을 먹이던 중이었다. 주말에 닭 가슴살을 잔뜩 사서 살짝 구운 다음 베란다 탁자 위에 널어 적당히 말리면 일주일치 간식이 나왔다.

그날 아침에도 전날 널었던 닭 가슴살을 봄날의 햇볕을 받으며 잘 마르라고 골고루 뒤집어 놓고 학교에 갔다. 바람이는 그 닭고기 냄새에 이끌려 베란다로 다가갔을 것이다. 닭고기는 탁자 위에 있으니 먹을 수 없는 데다 냄새는 계속 풍기니 여기저기 킁킁거리면서 찾아다니던 바람이가 열려 있는 베란다 문틈으로 떨어졌을지도 모른다. 우리 집에 오는 사람마다 개 냄새 난다고 성화를 해대는 통에 우리 집 베란다 문은 한겨울을 제외하고는 일 년 내내 열려 있었다.

베란다 바로 아래는 화단이었고 제법 커다란 나무도 몇 그루 서 있었다. 7층 높이기는 했지만 떨어지면서 3킬로그램의 작은 몸뚱이가 나뭇가지에 걸릴 수도 있고, 화단의 흙이나 나

"바람아,
바람아,
대체 어디 있니?"

뭇잎이 쿠션 작용을 해주어 무사할지도 모른다. 하지만 화단 어디에도 작고 하얀 강아지는 없었다. 불행히 숨이 끊어졌다면 작은 주검이라도 있어야 하는데.

베란다에서 떨어진 바람이가 정처 없이 여기저기 헤매고 다닌다고 생각하니 속이 새까맣게 타들어가는 듯했다. 지하 주차장, 주차된 자동차 밑, 산책로의 구석진 곳, 아파트 다른 동의 복도 등 길 잃은 눈먼 강아지가 갈 만한 모든 곳을 밤새 찾아다녔다. 혹시 바람결에 실려 오는 제 아빠 냄새를 맡을지도 몰라 별이를 데리고 다니기도 했다.

별이는 아직 예쁘니까 혹시 모르겠지만, 바람이는 척 보기에도 나이가 많아 기운이 없었고, 눈동자도 하얗게 변해 양쪽 눈이 다 멀었다는 것을 금방 알 수 있었다. 또 걸음도 잘 못 걸어 아픈 기색이 역력해 누가 데려다 키우고 싶은 마음이 들지도 않을 것이다. 그러니 떠도는 아이를 가까운 동물병원에 데려다주었을지도 모른다는 생각에 상암동의 모든 동물병원에 전화를 해보았지만 며칠 동안 들어온 강아지는 없다고 했다.

바람이가 실종된 지 사흘이 지났다. 마침 시험 기간이라 일찍 집에 와서 오후 내내 바람이를 찾아다녔다. 나중에는 수색 범위를 넓혀 아파트 단지를 벗어나 우리가 자주 산책하던 매봉산과 인근 주택단지까지 샅샅이 뒤졌다. 그 산에 가려면 2차선 도로를 건너야 해서 혹시 바람이가 길을 건너다 차에 치이지는 않았을까 싶어 큰길가 주변의 쓰레기통까지 뒤져 보았다.

예전에도 바람이를 잃어버려 찾아다닌 적이 몇 번 있었지만 그때와는 상황이 완전히 달랐다. 아무래도 베란다에서 떨어졌을 확률이 가장 높은데 그때 이미 크게 다쳤거나, 제때 치료를 못해 어딘가에서 죽어가거나 죽음을 맞았을 거라는 불길한 예감이 가슴을 조여 왔다. 만나는 사람들에게 혹시 바람이를 보았느냐고 물어보았더니 나만 보면 "개 찾았어요?" 라고 걱정스럽게 물었다.

사흘이 지나자 바람이가 살아 있을 거라는 희망이 점점 사라져갔다. 살아 있다면 지금쯤 눈에 띄어야 하지 않을까. 처음에는 살아 있기를 바랐지만 이젠 주검이라도 좋으니 제발 찾게만 해달라고 빌고 또 빌었다. '실종'이라는 낱말이 주는 무서움과 무거움을 처음으로 깨달았다.

학교 옆자리 젊은 영어 선생님은 유기견 찾는 사이트에 글을 올려주었고, 가족들과 팔랑이 엄마, 친한 선생님들은 수시로 문자를 보내왔다. 모두가 간절한 마음으로 바람이를 부르고 있었다.

"바람아, 바람아. 대체 어디 있니?"

바람이 찾았어요

　바람이가 실종된 지 엿새째 되던 날, 혹시 그동안에 무슨 소식이 있었을지 모른다는 생각이 들었다. 퇴근길 집 앞 동물병원에 들르니 간호사가 뜻밖의 이야기를 전해준다.

　"하얀 강아지요? 며칠 전에 왔던 그 아이인가? 저희 병원 애견 미용사가 출근하는데 사람들이 모여 있어서 가보니까 아파트 화단에 강아지 한 마리가 쓰러져 있었대요. 그래서 저희 병원으로 데려왔더라고요."

　날짜를 계산해보니 분명 바람이를 잃어버린 날이다.

　"그날 저녁에 제가 여기 전화했을 때는 그런 강아지 없다고 했었는데요."

"아, 직원들이 교대로 근무하기 때문에 전화받은 직원이 몰랐을 수도 있어요."

나는 이미 제정신이 아니었다. 내가 미친 듯이 바람이를 찾아 헤매던 그 순간에 그 아이는 집에서 5분 거리인 이 동물병원에 누워 있었다니.

"그렇다면 교대하면서 강아지가 들어왔다는 소식도 함께 전달해주고 가야 하잖아요? 제가 전화했었잖아요. 길 잃은 강아지 들어오지 않았느냐고⋯"

내가 울부짖듯이, 미친 듯이 소리치자 간호사들은 어쩔 줄 몰라 했고 나를 알아본 의사 선생님은 당황해했다. 샘이와 별이는 여러 번 왔지만 바람이는 이 병원에 한 번도 온 적이 없었다. 그러니 의사 선생님은 며칠 전의 그 강아지가 내 강아지라는 사실을 몰랐던 것이다.

"그 아이가 여기 왔을 땐 이미 입에서 거품이 나고, 겨우 숨만 붙어 있는 상태였어요. 일단 링거액을 꽂아서 영양을 공급하고 안정을 시키긴 했는데 살아 있을 확률은 솔직히 없어 보였어요. 저희는 유기견인 줄 알고 구청에 전화했고요."

의사 선생님이 조심스럽게 나를 달래듯이 천천히 말했다. 그날 이 병원에서 응급처치를 받고 누워 있던 바람이를 저녁

에 마포구청 지역경제과에서 데려갔다고 한다. 관내의 유기
견을 관리하는 부서라는데 이름이 지역경제과라니. 어쨌든
그게 벌써 닷새 전이니 바람이가 지금 어디에 있는지는 여기
서도 모르는 일이었다.

"제가 전화했을 때 '이 병원에 왔었는데 저녁에 마포구청
에서 데려갔다'는 말만 해줬다면 닷새 동안 그렇게 찾아 헤매
지 않고 그날 밤 바로 바람이를 데려올 수 있었잖아요?"

나는 눈물까지 글썽이며 울부짖다가 병원을 휙 나와버렸
나. 우리냈닌 내노 마포구청에시는 이미 비람이를 연희동이
한 동물병원으로 보냈다고 했다.

"아, 네. 푸들 들어왔었습니다. 하얀 푸들. 나이 좀 들어 보
이는 아이요. 거의 숨이 끊어진 상태였어요. 그래서 구청과
결연 맺은 병원으로 보냈습니다. 거기서 숨지면 일주일에 두
차례 병원에서 죽은 개들을 한꺼번에 모아 화장터로 보내는
데 찾으시는 그 강아지가 아직 병원에 있는지, 화장터로 갔는
지는 저희도 모르니까 병원에 연락해서 확인해보십시오. 거
기 전화번호가…"

연희동 동물병원 전화번호를 누르는 내 손이 떨렸다. 바람
이가 이미 세상을 떠난 것은 거의 확실했다. 바람이의 시신은

아직 그 병원에 있을까, 벌써 화장터로 갔을까. 그 아이의 작고 싸늘한 몸뚱이가 아는 사람 하나 없는 낯선 화장터에서 쓸쓸히 사라져갔을지도 모른다고 생각하자 걷잡을 수 없는 후회와 슬픔이 밀려왔다.

"내가 왜 닭고기를 거기에 두고 베란다 문을 닫지 않았을까. 내가 왜 바람이를 잃어버린 그날 바로 동물병원에 들르지 않았을까. 우리 바람이가 그때까지는 살아 있었다지 않나. 바람이는 엄마를 기다렸을 텐데. '이상하다, 내가 높은 데서 떨어지거나 길을 잃으면 우리 엄마가 나를 꼭 찾아냈는데 이번에는 왜 안 오는 거지?' 이런 생각을 하면서 얼마나 무서웠을까? 내가 왜 덜렁거린다고 바람이 목에서 이름표를 떼어버렸을까. 내가 왜…"

후회는 끝도 없이 해일처럼 밀려오고 또 밀려왔다. 나중에는 닭 가슴살 산 것까지 후회했다.

그날은 화요일이었는데 문제의 연희동 병원에서는 목요일에 화장터에 보낼 예정이었다면서 지금은 냉동 보관되어 있다고 했다. 바람이는 그 병원에 도착해 반나절을 헉헉대다가 숨이 멎었다고 했다.

'아, 아직 바람이가 화장터로 안 갔구나. 바람이를 다시 볼

수 있구나.'

이런 생각이 들자 눈물이 주르르 흐르며 나도 모르게 전화기에 대고 고개 숙여 절을 하면서 말했다.

"우리 바람이 아직 데리고 있어주셔서 정말 고맙습니다. 금방 데리러 갈 테니 조금만 기다려주세요."

병원에서는 굳이 안 와도 된다며 어차피 화장할 거면 유기동물들을 모아서 한꺼번에 보내는 화장터가 있으니 거기로 보내겠다고 말했다.

"그렇게 병원에서 죽은 유기동물들은 화장터로 보내 깔끔하게 처리하니 오히려 다행이지요. 길에서 발견된 아이들은 쓰레기장으로 갑니다."

가슴이 철렁 내려앉았다. 화장터라고? 우리 바람이를 지금 화장터로 보낸다고 한 거야? 쓰레기장 대신 화장터로 가는 것이 무슨 행운이라도 된다는 거야?

"말씀은 고맙지만 우리 바람이는 유기견이 아니에요. 엄마는 물론 할머니, 할아버지, 이모, 고모, 삼촌, 누나, 형 다 있는 아이예요. 저희가 데려갈 겁니다."

전화를 끊고 나서도 나는 혼잣말로 중얼거렸다.

"그뿐이야? 마누라에 아들까지 있는데?"

바람이 아들 별이는 12년 동안 한시도 떨어진 적 없는 아빠를 잃고 나서 또다시 단식 투쟁을 시작했다. 태어난 지 석 달 될 무렵, 함께 태어나 늘 같이 놀던 누나를 다른 집으로 분양 보내자 일주일 동안 밥을 안 먹던 별이는 12년 만에 생애 두 번째 단식 중이었다. 바람이 찾는 데 정신이 팔려 별이에게 미처 신경 써주지 못했지만 별이가 며칠째 밥을 먹지 않는다는 사실은 알고 있었다. 물만 겨우 몇 모금 마시는 듯했다. 아침저녁 고스란히 남아 있는 밥그릇을 보면서 이러다 별이도 큰일 나겠다 싶어 그 아이가 평소 좋아하던, 말 그대로 환장하던 간식을 주었지만 고개를 요리조리 도리질하며 입에도 대지 않았다.

'사내 녀석이 왜 이렇게 마음이 여릴까. 중성화 수술을 하는 바람에 남성성이 몽땅 제거돼서 그런가.'

별이는 엄마 샘이의 강인한 기질은 하나도 닮지 않은 듯 섬세하고 겁도 많고 심성도 고왔다. 거기에 머리까지 좋은 녀석이라 평생 함께 살던 아빠가 사라졌고, 내가 매일 정신없이 바람이를 찾아다니니 무언가 좋지 않은 일이 일어났다는 것쯤이야 금방 알아차렸을 것이다. 집에 와서 별이를 꼭 껴안고 간절하게 말했다.

"별아, 네 아빠 찾았어. 곧 데려올 거야. 하지만 이제부터는 별이 너 혼자야. 혼자서도 잘 버텨줘야 해. 그러니까 밥 먹자, 응?"

그러나 별이는 여전히 밥그릇 앞을 휙 떠나버렸다.

여러 해 동안 개를 키우면서 개라는 동물에게 매번 감탄하는데 그중 가장 놀라운 점은 그들의 공감 능력이었다. 하늘이야 별이가 죽고 못살던 누나였으니 슬퍼하는 것이 당연했지만 바람이와는 애틋하다거나 사이가 좋다고 말할 수 없었던 부자지간이었는데도 이렇게 슬퍼하다니. 개들은 선천적으로 사람의 기쁨과 슬픔의 감정을 잘 읽는다더니 동기간의 아픔도 직감으로 느끼는 것일까.

폭풍이 한바탕 지나가고 나니 이성이 돌아온 듯, 몇 시간 전 동물병원에서 내가 한 행동을 되짚어보면서 대체 왜 그랬는지 너무나 후회되고 병원 사람들에게 미안해졌다. 땅에 떨어져 고통스러워하는 바람이를 병원으로 데려간 사람은 바로 그 병원의 미용사였고, 죽어가는 바람이에게 영양주사를 놓아주고 돌봐준 사람은 그 병원의 의사였지 않은가.

다음 날 학교에서 나오는 길에 MBC 방송국 앞에 새로 생긴 유명한 빙수집에서 빙수 두 통을 사가지고 동물병원에 다시 들렀다.

"어제는 제정신이 아니었나 봐요. 어찌 보면 우리 바람이가 이 세상에서 마지막으로 머물렀던 곳이 이 병원이고 마지막으로 돌봐주신 분도 의사 선생님이시니 오히려 소중한 공간이고, 제가 고마워해야 하는데 정말 죄송해요."

마음씨 착한 의사 선생님은 어제 무슨 일이 있었냐는 듯 환하게 웃으며 나를 맞아주었다.

"그래도 찾아서 다행입니다. 저희도 걱정 많이 했는데…"

다른 강아지들을 돌보느라 여념이 없는 간호사들도 따뜻한 미소를 보내주니 더 미안하고 고마웠다.

터덜터덜 집으로 돌아와 바람이를 걱정해주었던 사람들에게 문자 메시지를 보내며 나는 긴 하루를 마무리했다.

'바람이 찾았어요.'

장미 열여섯 송이

바람이 찾았다는 소식을 들으신 어머니는 한 시간 후 다시 내게 전화를 걸어 말씀하셨다.

"바람이를 대충 보내면 네가 평생 한이 될 것 같아. 네가 그 아이를 어떻게 키웠는데… 그래서 생각한 건데 부안에 있는 운택이 옆에 묻어주자. 그럼 운택이도 덜 외로울 테고, 우리도 운택이 보러 가서 바람이도 볼 수 있잖아. 우리 식구들 모두 바람이를 사랑하고 아껴주었으니 그렇게 하는 게 좋을 것 같아."

먼저 세상을 떠나 가슴에 묻은 당신 둘째 아들의 무덤 옆에 바람이 무덤을 만들어주자는 어머니의 따뜻한 마음이 전해졌다. 내가 여행가면 우리 집에 오셔서 일주일, 열흘, 길게는 한 달까지 강아지들을 돌보아주셨으니 바람이와 정이 듬뿍 드셨을 것이다. '할머니'라는 이 특급 보모가 안 계셨다면 방학 때마다 긴 여행길에 결코 나설 수 없었을 것이다. 어머니께서 선뜻 바람이를 운택이 곁에 묻어주자고 하시니 너무나 고마웠다.

막내 여동생은 자기 차로 바람이를 데리러 가겠다고 했다.

"언니는 그냥 있어. 내가 데려올게. 언니는 바람이 못 데려와. 살아 있는 애 안고 오는 것도 아니고, 정신 혼미해져서 안 돼. 날씨가 더워지니까 부안 갈 때까지 우리 집 냉장고 냉동실에 넣어놓을게. 마침 냉동실에 자리가 있네. 거기 잘 모셔 둘게. 그러니 이제 아무 걱정 말고…"

기진맥진해서 고맙다는 말 한마디를 겨우 내뱉는 나에게 동생은 특유의 명랑하고 유쾌한 어조로 답했다.

"음… 그런 일은 원래 이모가 하는 거야."

자기 엄마가 운전하기 힘들다며 듬직한 큰조카 운식이가 연희동 병원을 함께 찾아갔다고 한다. 냉동실에 보관 중이던 바람이의 시신을 확인한 동생은 서류에 서명하고 몸무게 3킬로그램의 작은 몸뚱이를 받아들었다. 마침내 바람이가 가족의 품으로 돌아오게 된 것이다. 바람이를 내어주며 그 병원의 의사 선생님은 이렇게 말하더란다.

"유기견이나 잃어버린 강아지들이 여기 많이 들어오지요. 그런데 살아 있는 아이는 보호자가 가끔 찾아가는 경우가 있지만 이 아이처럼 이미 죽은 개를 데려가는 경우는 처음입니다. 죽은 애는 그냥 여기서 처리해달라고 하거든요. 이 푸들은 정말 많이 사랑받고 살았나 봅니다."

저녁 무렵 동생이 문자와 함께 사진 한 장을 보내왔다.

'맘, 바람이, 이모하고 잘 왔어요. 마침 깨끗한 천이 있어서 이모가 잘 싸줬어요. 이제 마음 놓으세요. 울지 말고! 알았지요?'

사진 속의 바람이는 눈처럼 새하얀 천에 싸인 채 이모가 뿌려준 진분홍색 철쭉꽃 몇 송이를 덮고서 고이 잠들어 있었다. 4월 22일에 베란다에서 떨어진 바람이는 다음 날 23일에 세상을 떠났고, 병원에서 찾아온 것은 28일이었다. 그 길고 긴 일주일 동안 그 아이도 우리 곁으로 돌아오고 싶었을 것이다.

그날 밤 11시쯤, 팔랑이 엄마가 노란 종이장미 열여섯 송이를 들고 허겁지겁 찾아왔다.

"바람이 데려왔다는 전화를 받자마자 장미를 접기 시작해서 방금 끝냈어요. 우리 바람이 무덤 위에 뿌려주세요."

열여섯 송이 장미. 바람이가 이 땅에 머물렀던 16년.

사실은 지난 2월에 팔랑이도 세상을 떠났다. 슬픈 소식이
라서 일부러 전하지 않았다던 그녀는 팔랑이와 친했던 바람
이를 애도하며 다시금 자신의 강아지 팔랑이 생각에 눈물지
었을 것이다.

다음 날 바람이를 알았고, 귀여워해주었고, 기억했던 이들
에게 이제 바람이가 이 세상을 떠났다는 문자를 보냈다. 위로
의 메시지들이 속속 도착하는 중에 2년 동안 학교 옆자리 짝
꿍이었던 이말다 선생님이 전화를 걸어왔다.

"선생님, 마음 상해 혼자 계시지 말고 나오세요. 오늘 저녁
맛있는 거 사드릴게요. 퇴근하는 대로 제가 상암동 학교 앞으
로 갈게요."

그녀가 우리 학교에 근무하는 동안 자주 찾던 음식점으로
가니 뜻밖에 두 사람이 더 나와 있었다. 이말다 선생님과 함
께 연북중학교로 간 서경희 선생님, 말다 선생님의 등산 파
트너인 우리 학교 김혜민 선생님이었다. 세 사람이 따뜻하게,
그야말로 힘껏 위로해준 덕분에 슬퍼할 겨를조차 없는 봄날
의 저녁 한때가 그렇게 흘러갔다. 슬픔은 여전히 마음속 깊이

가라앉아 있었지만 바람이 덕분에 나는 좋은 친구들을 다시 만나게 되었다.

　보름 후 스승의 날 무렵, 학교 재량휴업일로 연휴를 맞게 되었을 때 드디어 바람이와 함께 마지막 여행길을 떠났다. 막내 여동생이 운전하는 차에 부모님과 나, 그리고 바람이가 탔다. 서해안 고속도로를 달리면서 내가 물어보았다. 어려서부터 명석하고 대담했던 여동생이야 그렇다 치더라도 함께 사는 나른 사족들은 이땠는지 궁금하고 거정기었던 것이다.

　"정은아, 운식이가 찝찝하다고 하지 않았어? 자기 집 냉동실에 바람이 들어 있는 거?"

　"전혀. 오히려 운식이는 그 냉장고 앞을 지나칠 때마다 이렇게 말했어. '바람이, 안녕?'"

　운식이 녀석은 어려서부터 인정 많고 마음씨 착했는데 청년이 되어서도 변함이 없었다. 운식이가 초등학교 2학년 때 여름성경학교 캠프를 양평으로 간 적이 있었다. 운식이, 효식이 두 녀석이 외갓집에 놀러왔다가 거기 합류하게 된 것인데 2박 3일 캠프를 다녀온 운식이는 용돈을 다 썼다고 했다.

　"그 시골에 가게도 없었을 텐데 용돈을 어디다 썼어?"

"큰이모, 냇가에서 애들이 방아깨비를 잡아서 다리 부러뜨리는 게임을 하고 있었어. 가위바위보를 해서 이기는 사람이 다리 하나씩 부러뜨리는 게임이야. 다리가 다 부러지면 그냥 버려서 방아깨비는 죽어버리는 거지. 방아깨비가 불쌍해서 내가 걔네들한테 한 마리에 오백 원씩 주고 사서 다 풀밭에 놓아주었어."

운식이는 그런 아이였다. 20년도 더 지난 그 일화를 나는 지금도 생생히 기억하고 있다. 그 소년이 자라 아름다운 청년이 된 지금, 자기 집 냉동실에 있는 이모네 죽은 강아지에게 눈살을 찌푸리는 대신 인사를 건네는 것이다. 유쾌한 어조, 멋진 음성으로 '바람이, 안녕?'이라고.

슬픔을 덮어주던 날

나는 늘 우리 개들이 무지개다리를 건너가면 단양 우리 집 뒤뜰에 묻어주고 싶다는 생각을 했다. 그런데 까미에 이어 바람이도 단양이 아닌 곳에 묻히게 되었다. 사실 단양은 강아지 장례식만을 위해서 가기에는 좀 먼 거리긴 하다.

부안 변산반도 안쪽, 남동생이 잠들어 있는 산에 도착하니 여동생은 어느새 차 트렁크에서 새로 산 삽이며 장화 등을 꺼내들고 씩씩하게 걷기 시작했다. 부모님은 아들 생각에, 누나들은 동생 생각에, 거기에 바람이 생각까지 얹어 꽃향기 멀리서 번져오는 봄날의 숲길을 잠자코 걸었다.

호젓한 묘소에서 동생 생각에 잠겨 있다가 조금 떨어진 곳에 드디어 바람이를 안장했다. 여동생은 부모님과 언니가 슬픔에 침몰당하지 않도록 애쓰며 땅을 파고, 바람이를 묻고, 집에서 가져온 조화를 심어주고… 이 모든 의식을 잘도 치러내고 있었다. 소나무와 목백일홍이 서 있는 고요한 숲. 이토록 조그만 구덩이. 이 작은 강아지의 안식처에 오기까지 얼마나 많은 일이 있었는지.

아들의 무덤을 쓰다듬고, 무덤 위의 풀을 뽑으며 내내 말이 없으셨던 어머니가 조그만 바람이 무덤 앞에 서서 조용하고 다정하게 말씀하셨다.

"바람아, 여기서 푹 자고 있어. 앞 못 보고 사느라 평생 고생 많았어. 여기서도 혹시 아프면 네 옆에 있는 삼촌한테 고쳐달라고 해. 넌 한 번도 못 봤지만 네 삼촌은 아주 훌륭한 의사 선생님이었어."

꾹 참아왔던 슬픔이 폭발할까봐 아직까지 바람이의 얼굴을 차마 보지 못하고 있던 나는 바람이를 땅에 묻기 직전에야 떨리는 마음으로 하얀 천을 조금 벗겨보았다. 굳어 있는 바람이의 조그만 얼굴이 드러났다. 12년 동안 보아오고 애지중지 쓰다듬어온 낯익은 코와 눈, 입매를 매만지니 차디차기만 했다.

바람이는 잠잘 시간이면 자기가 먼저 침대에 올라가 누워 있다가 내가 누우면 언제나 내 오른쪽 팔을 베고 누웠다. 품을 파고드는 따뜻한 온기에 하루의 고단함이 스르르 녹아내리던 날들.

"바람이가 나를 힘들게 하는 게 95퍼센트고 행복하게 해주는 게 5퍼센트야. 95퍼센트가 힘들어도 그 5퍼센트의 힘이 훨씬 강하니까!"

강아지를 세 마리나 키우는 것이 힘들지 않느냐 묻는 사람들에게 내가 늘 답하는 말이다. 바람이가 내게 준 행복 가운데 가장 큰 행복은 바로 포근한 온기였다. 내가 바람이를 안아주는 게 아니라 바람이가 나를 안아주듯, 복슬복슬 하얀 털의 폭신함이 나의 외로움까지 감싸주었다. 작은 몸뚱이가 품고 있던 무한대의 따뜻함, 따뜻함! 그토록 부드럽고 따뜻한 온기는 온데간데없고 바람이의 작은 시신은 차디차게 얼어 있었다. 순간적으로 울컥해지며 어느 겨울날 바람이를 처음 우리 집에 데려와 12년 동안 함께 살아온 세월이 파노라마처럼 스치고 지나갔다.

"바람이는 전생에 무슨 복이 그리도 많아서 너 같은 주인 만나 이 호강하고 산다냐?"

"사랑해,
　　바람아.
예쁘게 잘 자거라."

어머니는 늘 이렇게 말씀하셨지만 나에게는 미련만이 넘치도록 남았다. 이번에도 어머니는 나를 이렇게 위로해주셨다.

"바람이는 눈이 안 보여 짠하긴 했지만 평생 동안 원도 한도 없는 사랑 받고 갔으니까 너무 애달파하지 않아도 돼. 불교식으로라면 바람이가 전생에 너한테 무슨 좋은 일을 한 게 틀림없어. 너한테 그 사랑을 평생 받았으니까…"

사람도 마찬가지지만 강아지도 자는 모습이 가장 측은하고 안쓰럽다. 바람이는 잘 때 잠꼬대를 곧잘 했고 악몽을 꾸는지 가냘픈 비명을 내지를 때도 있었다. 그럴 때면 얼마나 가여웠던가.

"바람아, 괜찮아. 엄마가 네 옆에 있어. 엄마는 항상 0.1초 대기조야. 걱정 말고 코 자요."

토닥토닥 다독여주면 다시 새근새근 잠들던 순한 아이.

"바람아, 우리 집에서 행복하니? 너한테 더 잘할게, 한숨 쉬지 마."

나는 그 작은 몸뚱이를 꼬옥 품에 안으며 중얼거리곤 했다. 대자대비의 마음이 무엇이냐는 질문에 대해 한 고승은 "만리 밖의 나무 한 그루가 베어졌는데 내 마음이 아플 때"라고 답했다던데, '만 리 밖'까지 안 가더라도 내가 키우는 동물의 생살여탈권이 나에게 있다 생각하면 눈물겹고 비장해지기까지 한다.

무덤을 정성껏 만들어주고, 조화도 심은 다음 마지막으로 팔랑이 엄마가 만들어준 노란 종이장미 열여섯 송이를 작은 무덤 위에 흩뿌려주었다. 푸릇한 무덤 위 노란 꽃송이가 선명하니 예뻤다. 꽃무덤 사진을 보내주었더니 팔랑이 엄마는 바로 답장을 보내왔다.

'사랑해, 바람아. 예쁘게 잘 자거라. 노란 꽃이불 덮었구나. 이불 발로 차지 말고 곱게 잘 자거라.'

그렇게 바람이는 삶을 마감하고 멀리 소풍을 떠났다.

남아 있는 나날

샘이가 바람이에게 그리 상냥한 아내는 결코 아니었다. 우리 집 삼총사 중 서열 1위는 언제나 바람이보다 한 살 어린 샘이었다. 샘이가 어머니 집으로 간 이후로도 우리 집에 오는 날이면 바람이와 별이는 구석으로 밀려나고 집의 제일 좋은 자리, 맛난 음식, 내 무릎과 품 안은 샘이가 독차지했다. 눈치 없는 바람이가 내 옆으로 부득부득 다가오면 앙칼진 샘이는 냅다 바람이에게 달려들어 격투를 벌인 끝에 결국은 몰아내 버리고 의기양양 내 품으로 파고들었다.

"넌 앞 못 보는 가여운 남편을 잘 돌봐줘도 모자랄 판에 왜 또 행패야?"

내가 샘이를 나무라면 어머니는 샘이 편을 들어주곤 하셨다.

"내버려둬라. 제 엄마 오랜만에 만나 사랑 좀 받겠다는데… 바람이랑 별이는 늘 엄마랑 살잖아."

그런데 바람이가 간 지 꼭 한 달 만인 5월 말, 샘이도 세상을 떠났다

"열녀 났네, 열녀 났어. 자기 남편 하늘나라 간 줄 어떻게 알고 따라가?"

샘이를 몇 년 동안 맡아 애지중지 키우셨던 어머니는 슬픔을 이렇게 표현하셨다.

어머니 집에서 샘이를 데려가 키우던 여동생은 샘이가 밥을 먹을 때 그 아이를 품에 안고서 고개를 받쳐주었다. 치매에 걸린 샘이를 조금이라도 편안히 해주기 위해서였다. 여동생은 그날 아침에도 샘이 목을 팔에 걸쳐 편안히 받쳐주고서 "샘이야, 아침 먹자"라고 했다. 그런데 평소와 달리 잠잠하기에 이상하다 싶었는데 얼마 후 샘이의 목이 아래로 툭 처지더란다. 그렇게 자는 것처럼 조용히, 한순간에 샘이는 하늘나라로 떠나갔다고 한다. 그 소식을 전화로는 차마 전하기 어려웠다며 동생은 서둘러 운전하고 달려와서 나에게 들려주었다.

"다행이다. 아프지 않고 그렇게 편안히 가서… 샘이는 살아 있을 때도 도도하고 우아하더니 갈 때도 그렇게 갔네. 전화로도 충분한데 일부러 뭐하러 와? 샘이 마지막을 잘 보살펴줘서 정말 고마워. 바람이 장례식을 네가 다 치러내더니 샘이 마지막까지도 지켜보았구나."

"우리는 큰 개만 키우다가 샘이가 있으니 오히려 아기자기하고, 품에 쏙 안기는 맛에 운식이랑 서로 샘이 안아주려고 했어. 운식이도 '엄마, 작은 개 키우는 맛이 있네'라며 샘이 얼마나 예뻐했는데…"

샘이는 이천에 있는 동생네 농장에 묻어주었다고 했다. 그 농장에는 사냥개인 포인터가 여러 마리 있는데 샘이가 살아 있을 때 거기 갔다면 어땠을까. 어렸을 때 난지천 공원에서 맬러뮤트 대부대와 마주쳤을 때처럼 기죽지 않으려고 죽기 살기로 앙칼지게 대들며 짖어대지 않았을까. 아니, 이제는 늙어서 그런 패기도 다 사라졌을까. 샘이가 열다섯 살에 바람이보다 일 년 먼저 간 것은 아마도 새끼를 많이 낳아서가 아닐까. 샘이도 중성화 수술을 시켜서 별이 이후로는 출산을 못하도록 할걸 하는 후회가 밀려왔다.

아빠 바람이, 엄마 샘이, 친구인 팔랑이까지 모두 떠났다.

모두 모이면 네 마리 군단을 이루어 상암동과 매봉산 자락, 난지천 공원은 물론 하늘 공원까지 여기저기 돌아다니며 큰 소리쳤었는데 이제는 막내 별이 혼자 달랑 남았다. 아파트 입주민 대표를 맡아 부쩍 바빠진 팔랑이 엄마는 지금은 너무 바쁘기도 하고 팔랑이에 대한 기억도 아직 남아 있어서 잠시 시간을 두었다가 다시 유기견을 입양해 키우겠다고 했다.

아빠를 잃은 후 별이에게 찾아온 가장 큰 변화는 눈이 급격히 나빠졌다는 점이었다. 어쩌면 유전일지도 모르는 백내장이 심한 스트레스로 급격히 악화된 것 같았다. 그동안은 그래도 희미하게 앞을 보는 것 같았던 별이가 산책길에 나서면 오도카니 서 있기 일쑤였다. 전에 바람이가 천천히 걷는 동안 그렇게 촐랑거리며 왕복 달리기라도 하듯 혼자 멀리까지 피융피융 뛰어갔다가 뛰어오기를 반복하던 아이였는데. 거의 날아갈 듯 뛰어다니던 그 길을 엉금엉금 헤매는 별이, 바람이와 너무나 닮아가는 그 아이의 회색 눈동자를 보며 절망하다가 실낱같은 희망을 안고 병원을 찾았다. 하지만 의사 선생님은 별이의 눈도 완전히 멀어 전혀 볼 수 없을 거라고 했다. 내 곁에는 또다시 눈먼 개가 남았다.

별이는 바람이와 아주 달랐다. 바람이가 이리저리 부딪히고 축대 아래로 떨어지면서도 줄기차게 앞으로 나아가던 그 길을 별이는 잘 가지 못하고 계속 헤매거나 멈추어 서 있을 때가 많았다. 목줄을 끌어도 따라오지 못하고 우두커니 서서 앞만 바라봤다. 아마도 바람이는 우리 집에 올 때 이미 눈이 멀어서—아직 총명하던 네 살 때부터—산책길을 냄새로 익히고 자기 스스로 다니는 요령을 터득했을 것이다. 하지만 별이는 십 년 동안 마음 놓고 뛰어다니던 길이 나이 들어 갑자기 안 보이게 되니 아이들 말로 '급당황'해 어떻게 해야 할지 모르고 있는 것은 아니었을까.

'면역력의 차이인가? 어쩌면 사람 사는 일도 비슷하지 않을까?'

어느 날 나는 문득 이런 생각을 해보기도 했다.

아파트 산책로에서 강아지 세 마리를 데리고 혼자 다니는 여자는 드물기에 내 모습이 사람들 눈에 띄었던 것 같다. 샘이가 어머니 집으로 간 후 바람이와 별이만 데리고 산책 나갔을 때 잘 모르는 사람들에게서 이런 인사를 많이 받았다.

"한 마리는 어디 갔어요? 원래 세 마리 아니었나요?"

그런데 이제 별이 혼자 내 곁에 있으니 인사는 다시 바뀌었다.

"왜 한 마리뿐이에요?"

그때마다 "두 마리는 죽었어요"라는 말을 하기 싫어 "하늘나라 갔어요" "무지개다리 건너갔어요"라고 대답하곤 했다. 내 입으로 '죽었다'는 표현을 쓰면 정말로 그 아이들이 내 곁에서 영영 달아나버릴 것 같았다. '무지개다리 건너갔어요'라고 하면 영화 「오즈의 마법사」에서 흘러나오던 아름다운 노래처럼 무지개 너머 어딘가에서 두 녀석과 순한 팔랑이가 커다란 눈을 끔벅이며 나란히 우리를 내려다보고 있을 것 같았다.

홀로 남은 별이를 돌보며 나는 문득 영화 「후크」의 대사 한 구절을 떠올린다. 바빠서 아이들과 놀아줄 시간이 없는 아빠에게 엄마가 던진 말이다.

"아이들이 당신에게 얼마나 더 놀아달라고 할 것 같아? 잭이 야구 경기에 당신을 얼마나 더 초대할 것 같아? 이것도 몇 년만 지나면 끝이야. 나중에는 당신이 아이들에게 놀아달라고 해야 할 거야."

지금 내 심정이 꼭 그렇다. 집 안에서조차 나를 너무 쫓아다녀 내 발에 걸리는 바람에 저리 좀 가라며 나에게 자주 야단맞던 별이는 이제 나를 쫓아다니기는커녕 잠자는 숲속의 공주처럼 또는 아기처럼 하루 온종일 소파에서 잠만 잔다. 이제는 그 아이가 백만 번이라도 내 발에 걸려도 좋으련만. 쓸데없이 짖는다고 어지간히 나한테 혼났던 샘이, 가슴을 쓸어내릴 만큼 카랑카랑하게 짖는 소리를 다시 들을 수 있다면. 피곤해서 쉬고 싶은데 산책 나가자고 조른다며 내가 자주 원망했던 바람이, 지금 내 곁에 있다면 하루에 열두 번이라도 산책 나가고 또 나갈 텐데.

바람이와 샘이가 세상을 떠났는데도 13년 전 까미가 갔을 때에 비해 비교적 덜 슬펐던 것은, 아니 슬픔에서 빨리 벗어날 수 있었던 것은 아마도 별이가 곁에 있어서일 것이다. 처음에는 정신줄을 놓아버린 채 며칠을 보냈다. 바람이가 떨어진 베란다를 보면 오열이 나고, 출근길이 곧 바람이 산책길이어서 길가에 핀 하얀 철쭉만 봐도 눈물이 났다. 아무래도 이 집에 못 살 것 같아서 이사가야겠다는 생각까지 했다.

그런데 문득 돌아보니 내 곁에 별이가 있었다. 난생처음 혼자 남겨진 별이를 생각하니 계속 슬픔에 잠겨 있을 수만은 없었다. 사랑은 책임을 다하는 것이자 외로움을 나누는 것이다.

별이마저 내 곁을 떠날 날이 분명 오겠지만 그때에도 바람이, 샘이, 별이, 이 놀라운 푸들 가족과 함께하며 기쁘고, 슬프고, 설레고, 힘들었던 날들, 그 멋진 추억들이 내 인생의 선물로 주어진 것을 감사해할 것이다. 그 아이들이 반짝이는 생명력으로 나에게 안겨주었던 기쁨, 생명이 주는 예측할 수 없는 떨림과 감동. 이 모든 것은 나에게 사랑이었으니.

글 임정아 林靜雅

월간 『신동아』 주최 논픽션 공모에서 「폭력 교무실」로 당선되고, 교육소설모음집 『닫힌 교문을 열며』에 단편소설 「은철이」를 발표한 이래 꾸준히 청소년을 위한 글쓰기를 해왔다. 『국어시간에 소설읽기 2』에 실려 많은 학생의 사랑을 받은 소설 「버들강아지」의 작가이며, 교육산문집 『너의 외로움을 믿는다』를 펴냈다. 충남 청웅중학교, 서야중학교, 전남 순천상업고등학교(현 효산고등학교), 서울 대영중학교, 서연중학교, 상암중학교 국어 교사를 지냈다. 현재 정오문학회, 교육문예창작회 회원으로 활동하며 많은 사람에게 따스한 온기를 전해주는 글을 쓰고 싶어 한다.

그림 낭소

'밝고 쾌활한 웃음'이라는 뜻의 필명처럼 소소하지만 매력적이고 행복한 순간을 기억하고 그리는 작가다. 따뜻한 웃음이 머무르는 그림을 그려서 조금이나마 온전한 휴식을 전하고자 한다. 그림에세이 『숲강아지』를 쓰고 그렸고, 『꼬무리별이 이야기』 『꼼지락별이 이야기』 『쓰디쓴 오늘에, 휘핑크림』과 여행에세이 『세상의 끝, 마음의 나라』의 그림을 그렸다.

우리
산책할까요

지은이 임정아
그림 낭소
펴낸이 김언호

펴낸곳 (주)도서출판 한길사
등록 1976년 12월 24일 제74호
주소 10881 경기도 파주시 광인사길 37
홈페이지 www.hangilsa.co.kr
전자우편 hangilsa@hangilsa.co.kr
전화 031-955-2000~3 **팩스** 031-955-2005

부사장 박관순 **총괄이사** 김서영 **관리이사** 곽명호
영업이사 이경호 **경영이사** 김관영
편집 백은숙 김지수 노유연 김광연 김지연 김대일 김명선
관리 이주환 문주상 이희문 김선희 원선아 **마케팅** 서승아
디자인 창포 031-955-9933
인쇄 예림 **제본** 경일제책사

제1판 제1쇄 2019년 4월 25일

값 15,500원
ISBN 978-89-356-6809-0 03810